AF286382

Markus Werner

AM HANG

Roman

Mit einem Nachwort
von Oliver Vogel

 S. FISCHER

Sonderausgabe
Erschienen bei S. FISCHER
Frankfurt am Main, 2024

Für diese Ausgabe:
© 2004 S. Fischer Verlag GmbH,
Hedderichstr. 114, 60596 Frankfurt am Main
Für das Nachwort: © 2024 Oliver Vogel
Die Nutzung unserer Werke für Text- und Data-Mining
im Sinne von § 44b UrhG behalten wir uns explizit vor.
Umschlaggestaltung: Andreas Heilmann und
Gundula Hissmann, Hamburg
Umschlagabbildung: Antonio Donghi,»Frau im Café,
1931« / akg-images, Berlin
Druck und Bindung: CPI books GmbH, Leck
ISBN 978-3-10-397658-8

I

Alles dreht sich. Und alles dreht sich um *ihn*. Verrückterweise bin ich sogar versucht mir einzubilden, er schleiche in diesem Augenblick ums Haus – mit oder ohne Dolch. Dabei ist er ja abgereist, heißt es, und ich höre nur Grillen und aus der Ferne nächtliches Hundegebell.

Da fährt man über Pfingsten ins Tessin, um sich in Ruhe zu vertiefen in die Geschichte des Scheidungsrechts, und dann kommt einem dieser Unbekannte in die Quere, dieser Loos, und bringt es fertig, mich so aufzuwühlen, daß alle Sammlung hin ist. Den Rest hat mir Eva gegeben, drüben in Cademario, heute, ich bin in ziemlicher Verwirrung hierher zurückgefahren und habe die Juristen-Zeitung angerufen beziehungsweise, da ja Pfingstsonntag ist, den Redaktor privat, um mitzuteilen, daß ich mich außerstande sähe, den Beitrag termingerecht abzuliefern. Eine akute, von Fieber begleitete Stirnhöhlenentzündung lege mich lahm, habe ich gesagt und mir während des kurzen Gesprächs mit Daumen und Zeigefinger die

Nase zugehalten. Man höre förmlich, hat der Redaktor gesagt, wie bös es um mich stehe.

Ja, eher bös. Zwar sind die Höhlen intakt, auch bin ich fieberfrei, und doch könnte ich das, was mir zusetzt, als eine Art Stirnfieber bezeichnen. Die Schläfen jedenfalls, auf die ich meine Finger presse, um den Tumult dahinter zu dämpfen, sind heiß, so als erzeugten die hektisch ums immer Gleiche kreisenden Gedanken Reibungswärme.

Schlafen wär schön jetzt, Loos abschütteln, Loos' Sätze, die wie Fusseln haften, aus dem Gehirn ausbürsten. Er selber hat zu mir gesagt: Vergessen Sie das Vergessen nicht, sonst werden Sie verrückt. – Er muß es wissen. Er sagte aber auch, freilich in einem anderen Zusammenhang, von allen Seuchen der Jetztzeit sei die Vergeßlichkeit die schleichendste und also schlimmste.

Nun gut und so oder so, ich werde diesen Mann nicht los, indem ich mir befehle, nicht mehr an ihn zu denken. So würde er sich nur noch breiter machen und mein Bewußtsein noch irritierender verengen. Ich kenne das Phänomen, seit mich Andrea, es ist fünfzehn Jahre her und ich war zwanzig, wie einen Schirm hat stehenlassen. Inzwischen weiß ich eigentlich, wie man den Mechanismus unterläuft und wie mit einem Durcheinander von verfilzten Fäden methodisch zu verfahren wäre. Den Anfang suchen. Den Knäuel sorgsam entknoten, entwirren. Das Garn abwickeln, ohne Hast, und zugleich ordentlich und straff aufwickeln auf eine Spule.

Leicht gesagt, nicht wahr, mein lieber Loos? Dir

jedenfalls ist das gründlich mißlungen, falls du es überhaupt versucht hast. Hast du? Oder bist du mit *deinem* Knäuel, *deinem* Garn schon immer so – wie soll ich sagen – so wunderlich umgegangen wie auf der Bellevue-Terrasse?

Am Freitag vor Pfingsten hat sich der Stau am Gotthard in Grenzen gehalten, ich bin schon gegen sechs hier angekommen, habe wie üblich zuerst den Wasserhaupthahn aufgedreht, die Sicherungsschalter gekippt, Boiler und Kühlschrank angestellt und mich dann kalt geduscht. Wie üblich habe ich die leeren Flaschen, die mein Anwaltskollege und Miteigentümer des Hauses an Ostern hier zurückgelassen hat, entsorgt. Ein Feuer im Kamin zu machen hat sich nicht aufgedrängt, der Juniabend war lau. So lau, daß ich um acht nochmals ins Auto stieg, von Agra hinunter nach Montagnola fuhr und vor dem Hotel Bellevue oder Bellavista parkte. Enttäuscht habe ich feststellen müssen, daß es auf der Terrasse keinen freien Tisch mehr gab, und da ich mich nicht in den verglasten Vorbau habe setzen wollen, blieb ich unschlüssig stehen, Ausschau haltend nach stühlerückenden Gästen. Da habe ich ihn entdeckt. Er saß als einziger allein, und zwar an einem Vierertisch in der linken Terrassenecke, ich habe mich aufgerafft, bin zu ihm hingegangen – er studierte die Speisekarte – und habe ihn auf italienisch gefragt, ob er gestatte. Er hat kurz aufgeschaut und nichts gesagt. Ich habe die Frage auf deutsch wiederholt und nach seinem abwesenden Nicken ihm gegenüber Platz genommen.

Es ist mir aufgefallen, daß er, während ich auf die Speisekarte wartete, von der seinigen von Zeit zu Zeit aufblickte, den Kopf etwas drehte und seine Augen ruhen ließ auf den Hügeln und Hängen jenseits des Tals. Sein Kopf war ein Schädel, groß und starkknochig, unbehaart bis auf einen dichten, aber geschorenen Halbkranz von Schläfe zu Schläfe und einen ebenso dichten und graumelierten Dreitagebart. Schwer schien der Kopf, schwer und massig der ganze Mann, aber die Masse wirkte nicht so, als schwappe sie über die Körpergrenze, sie wirkte kompakt. Ich schätzte ihn auf gut fünfzig. Als mir der Kellner die Karte brachte, bestellte der Fremde mit tiefer, leicht näselnder Stimme sein Essen. Eine Karaffe mit Weißwein stand bereits vor ihm, er griff jetzt nach seinem Glas und trank es, den Blick wieder auf die Hügel gerichtet, langsam aus. Von mir nahm er keine Notiz. Ich blätterte in der Karte, mein Zeigefinger blieb auf dem Filetto di coniglio stehn, und ich erschrak ein wenig. Bis zu diesem Moment hatte ich nicht eine Sekunde an Valerie gedacht und daran, daß wir beide hier vor längerer Zeit Kaninchenfilet gegessen hatten, Valerie noch munter, ich eher würgend und wortarm, da innerlich damit beschäftigt, mir schonende Sätze zurechtzulegen, ich wollte mich trennen von ihr.

Die Sonne sank, und während der See unter uns schon an Farbe verlor, funkelte der Wein in der Karaffe des Fremden. Welch ein Goldgelb, hörte ich mich sagen, darf ich fragen, was Sie trinken? – Er wandte sich mir zu, verzögert, und schaute mich so an, als nähme er mich jetzt erst wahr. Nicht abweisend, nicht unfreundlich, nur überrascht sah er mich an mit hellgrauen Augen, unter denen, es ist mir sofort aufgefallen, Schatten lagen. Es waren keine Übermüdungsringe und keine Tränensäcke, es war die dunkle, wie hingehauchte Tönung der Haut, die ich bisher fast nur an indischen Menschen beobachtet hatte. Entschuldigung, sagte der Fremde, was haben Sie gefragt? – Ich will Sie nicht stören, sagte ich, ich habe nach dem Wein, den Sie trinken, gefragt. – Es ist ein Weißwein, sagte er. Obwohl ich nicht unbedingt annahm, daß er mich auf den Arm nehmen wollte, wehrte ich mich und sagte: Das sehe ich irgendwie. – Wie bitte? fragte er. Ich biß mir auf die Lippen und fragte, ob er mir seinen Wein empfehlen könne. Er überlegte eine Weile und sagte dann: Wir haben ihn immer als stimmig empfunden.

Ich bestellte Saltimbocca mit Reis, so wie mein Gegenüber, und einen halben Weißen. Mein Gegenüber rauchte abgewandt. Ich schloß nicht aus, daß wir uns beide nur halb verstanden hatten, von Stille konnte nämlich keine Rede sein an diesem Ort. Nicht nur umgab uns Geklapper und Stimmengewirr, es landete und startete unten in Agno von Zeit zu Zeit auch ein Flugzeug mit üblichem Gedröhn, und selbst der ferne Autolärm im Tal, vom See verstärkt und reflektiert, war hier oben noch als Rauschen vernehmbar. Als mein Wein kam, nutzte ich die Gelegenheit, um mich dem Fremden erneut zu nähern – ich bin ein kontaktfreudiger Mensch und finde es unnatürlich, zu zweit an einem Tisch zu sitzen und zu schweigen –, ich hob mein Glas und sagte: Zum Wohl, mein Name ist Clarin. – Er zuckte zusammen, so daß die Zigarettenasche, die abzustreifen er vergessen hatte, auf seine Serviette fiel. Er griff mit der linken Hand nach seinem Glas und sagte: Freut mich. – Aber darauf, sich seinerseits vorzustellen, schien er verzichten zu wollen. Ich sah, daß er am Ringfinger zwei Ringe trug, schlichte Eheringe, und folgerte daraus, daß er wahrscheinlich Witwer war. Ein Anhaltspunkt immerhin, sagte ich mir, wenn er sich sonst schon nicht erschließen läßt wie andere Menschen, die man nach einer Viertelstunde, auch ohne mit ihnen zu reden, ein wenig einordnen kann, zumindest in die Rubrik sympathisch oder unsympathisch. Doch selbst in dieser Hinsicht kam ich zu keinem Urteil. Ich wußte nur: er interessiert mich. Ich mußte wieder an Valerie denken, an ihre Undurchsichtigkeit, die mich am Anfang fasziniert und gegen Ende abgestoßen hatte. Da fragte mich mein Gegenüber: Wie finden Sie ihn? – Nun zuckte *ich* zusammen. Den Wein? fragte ich. Nein, sagte er, den Blick, den Ausblick. – Ich sagte, ich fände ihn schön, gerade auch jetzt, wo die Sonne untergegangen sei und das Panorama gegenüber nur noch aus dunklen Blautönen bestehe, im übrigen sei mir die Landschaft seit Jahren vertraut. Er nickte befriedigt, er sagte: Seit Jahren vertraut – das ist eine einnehmende Wendung, und was die Blautöne angeht: Sie sind nicht etwa Maler? – Nein, sagte ich, ich bin Jurist, Anwalt, und Sie? – So, sagte er mit einer leichten und, wie mir schien, fast verächtlichen Dehnung, auf die Gegenfrage ging er nicht ein, er hatte sie wohl überhört, weil eben das Essen gebracht wurde.

Bevor er zu Messer und Gabel griff, senkte er den Kopf und schloß ganz kurz die Augen. Natürlich, dachte ich, er ist ein Pfarrer, schwarze Hose, schwarze Jacke, ich hätte früher darauf kommen können. – Er aß langsam und in sich gekehrt, ich sprach ihn trotzdem wieder an. Heute, als ich im Stau am Gotthard stand, sagte ich, ist mir plötzlich eingefallen, daß ich vergessen habe, was Pfingsten bedeutet, ich meine, was an Pfingsten gefeiert wird, ist das nicht peinlich? – Er hörte auf zu kauen, schluckte dann und sagte: Über Staumeldungen freue ich mich stets besonders herzlich, an Pfingsten aber züngeln Flammen. – Er aß weiter, während ich, im Wissen, daß man auf Spinner eingehen muß, nach einer Pause fragte: Wo züngeln sie denn, die Flammen? – Er ließ sich Zeit, schenkte sich Wein nach, trank. Sie züngeln, sagte er dann, über den Häuptern der zwölf Apostel, und sie symbolisieren den Heiligen Geist, der fünfzig Tage nach Ostern über und in sie kommt, um sie im Wortsinn zu begeistern für ihr Wirken. – Alle Achtung, sagte ich, man könnte meinen, Sie seien Theologe. – So, sagte er, und jetzt revidieren Sie die Meinung und halten mich für keinen Spinner? – Ich erschrak. Ich fragte, wie er darauf komme. Die Augen, Herr Clarin, verraten vieles, sagte er, und manchmal kann ich einem Satz anhören, wie der Redende denkt, das geht recht mühelos, solange Blick und Ohr nicht abgerichtet sind aufs Nichtverweilen. – Ich wunderte mich, daß er sich meinen

Namen hatte merken können, ihn sogar richtig, das heißt auf der zweiten Silbe betonte. Den seinigen auch endlich zu erfahren, hielt ich für angebracht. Er tat, als ich ihn danach fragte, als müsse er sich besinnen, dann sagte er: Loos, Loos mit zwei o, wir sitzen auf dem trockenen, ich bestelle noch einen, sind Sie dabei?

Der Tisch wurde abgeräumt, der Merlot bianco gebracht, man hörte aus der Ferne ein Alphorn. Loos lauschte eher gequält. Ob es ihn nerve, fragte ich. Grundsätzlich, sagte er, habe er gegen das Alphorn als solches nichts, das Alphorn sei ja sozusagen das ideale Instrument für Zwerge, und zweitens liege es ihm fern, linkische Inbrunst zu tadeln, ihn störe lediglich die Einschleppung des Alphorns ins Tessin. – Auch mir genügten, sagte ich, die hiesigen und wunderbaren Glockenspiele. – Sie lieben sie auch, das freut mich, sagte er, sie sind ein Grund, warum ich hergekommen bin, wehmütigere Klänge sind nirgends sonst zu haben. – Ich fragte, ob er hier im Bellevue wohne. Ja, sagte Loos und schaute die Fassade hoch, dort oben, zuoberst links, dort ist mein Wachtturm, von dort kann ich hinübersehn, über die Bäume hinweg und über das Tal hinweg – und Sie, logieren Sie auch hier? – In Agra, sagte ich, ich habe in Agra ein kleines Ferienhaus. – Und da erholen Sie sich über Pfingsten von Ihren Strapazen als Anwalt? – Nicht eigentlich, sagte ich, es ist ein Arbeitsaufenthalt, ich will hier ungestört schreiben. – Ein nettes Hobby, sagte Loos, wird's ein Roman? – Sie verstehen mich falsch, sagte ich, es geht um berufliche

Arbeit, um einen rechtshistorischen Aufsatz für eine Juristen-Zeitung zum Thema Eherecht, vor allem Scheidungsrecht, ich habe viel damit zu tun in meiner Anwaltspraxis, und so ergab sich nebenbei auch ein geschichtliches Interesse an der Materie.

Jetzt gehn die Lichter an dort drüben, sagte Loos. Ich schwieg und putzte verstimmt meine Brille. Rückschau ist immer gut, sagte er, wirklich, Rückschau ist wichtig, wenn auch nicht zeitgemäß, ich öffne den Mund ja kaum mehr, um Sätze zur Jetztzeit zu sagen, weil mir die Jetztzeit ja ständig das Wort abschneidet. Und wenn ich auch nur zu ihr sage: du hast eine Herkunft, und ich messe dich erstens an dieser und zweitens an jenen paar Träumchen, die ich mir nie habe austreiben lassen – dann ist sie schon beleidigt und fährt mir über den Mund. – Ich bin nicht sicher, ob ich Sie richtig verstehe, sagte ich, wollen Sie sagen, daß Menschen, die sich ganz dem Heute widmen, die, wie man sagt, mit der Zeit gehen, gereizt auf Kritik reagieren? – So ungefähr, sagte Loos, aber es ist noch zu früh. – Zu früh wofür? – Zu früh, um über den Zeitgeist zu reden und über das Gezücht der Anschmiegsamen, ich brauche vorher noch einige Gläser, und Sie können den Grad meiner Einschüchterung sowohl daran ermessen als auch daran, daß ich auf dieser schönen Terrasse, seit wir hier sitzen, kein einziges Mal die Stirn gerunzelt habe, obwohl doch während dieser Zeit, ich habe es gezählt, nicht weniger als vierzehnmal ein Handy piepste oder zirpte und so weiter, kurzum, es muß ernüchternd sein, nicht wahr, sich ständig konfrontiert zu sehn mit Scheidungssachen, bringt Sie das nicht in Versuchung, die Ehe für undurchführbar zu halten? – Versuchung, sagte ich, sei nicht das richtige Wort, das richtige sei Gewißheit. Fast zwingend sei ich in Anbetracht von pausenloser Zweierpein genötigt, die Ehe als Irrweg zu sehn beziehungsweise als glatte Überforderung der menschlichen Natur, die einfach zu schweifend scheine, als daß sie sich auf Dauer zähmen lasse und auch nur die paar Regeln akzeptieren könne, die, würden sie befolgt, die Ehe vielleicht möglich machten. Es spotte jeder Beschreibung, sagte ich, was sich Paare in Scheidung antäten, sei es in Fortsetzung dessen, was sie sich während der Ehe schon angetan hätten, sei es in der Entwertung einstigen Glücks. Das Verrückteste aber sei, daß sich die Leute, obwohl bereits jede zweite Ehe geschieden werde, von der Heiraterei nicht abhalten ließen, und als noch verrückter müsse der Umstand gelten, daß es sich bei über zwanzig Prozent der Eheschließungen um Wiederverheiratungen handle.

Loos, der mir mit so großer Aufmerksamkeit zugehört hatte, daß ich meine Darlegungen gern noch vertieft und fortgesetzt hätte, unterbrach mich und sagte: Sie sind also Junggeselle. – Ein überzeugter, wie Sie gemerkt haben dürften. – Dann ist ja Ihre menschliche Natur nicht überfordert, das freut mich, sagte er, und während ich noch überlegte, wie er das meinen könnte, mokant oder ernst, sagte er leise: Mir ist sie Heimat gewesen. – Ich suchte seinen Blick, Loos aber schaute übers Tal. Wer? fragte ich. Die Ehe, sagte er. Gewesen? – Er nickte. Sind Sie –

verwitwet? – Er trank. Wissen Sie, sagte er dann, Ihre Statistiken sind mir nicht unbekannt, ich weiß sogar, daß in jedem Ehebett zwei Millionen Staubmilben toben, und einer noch verstörenderen Untersuchung habe ich entnommen, daß deutsche Paare nach sechs Ehejahren im Schnitt noch neun Minuten täglich miteinander reden und amerikanische vier Komma zwei. – Eben, eben, sagte ich nur. – Und nun frage ich Sie, fuhr er fort, ob dieser Befund Rückschlüsse auf die menschliche Natur zuläßt oder vielleicht doch eher und unter anderem aufs abendliche Fernsehritual. – Vermutlich auf beides, sagte ich, denn einmal angenommen, das wachsende Schweigen der Paare liege am wachsenden Fernsehkonsum, so stellt sich immer noch die Frage, warum der Bildschirm einer Plauderstunde vorgezogen wird. Es ist nicht so – ich höre es oft als Anwalt –, daß man nicht redet, weil man fernsieht, nein, man sieht fern, weil es nichts mehr zu reden gibt, weil man sich nichts mehr zu sagen hat, schon gar nichts Neues oder Spannendes, *es hat sich totgelaufen*: das ist die Wendung, die ich am häufigsten höre, und daraus schließe ich, daß sich die menschliche Natur nach Abwechslung und Farbe sehnt und sich nicht an Gewohnheit gewöhnt. – Um recht zu haben, sagte Loos, haben Sie allzu recht, und wie gesagt, ich habe es anders erlebt, zum Wohl.

Zum Wohl, Herr Loos, ich wollte Ihnen nicht zu nahe treten, ich weiß natürlich, daß es auch glückliche Ehen gibt. – Das interessiert mich nicht, sagte er. – Verzeihung, ich dachte, das sei unser Thema. –

Es ist schon kurios, sagte er, je herrischer der Zeitgeist in unsere Seelen sickert und unser Verhalten bestimmt, um so bornierter beruft man sich auf die Natur des Menschen. Man könnte meinen, es handle sich dabei um Heimweh, weil unsere Natur ja längst verkümmert ist, und nicht um einen Trick, der dazu dient, uns zu entlasten: alles genetisch bedingt, alles entschuldigt, schaut euch doch die Schimpansen an, sie schließen keine Ehen, sie schweifen und bleiben mobil.

Daß sich, während er sprach, zwei Fliegen auf seiner Kopfhaut paarten, schien Loos nicht zu merken. Er ist, schloß ich auch daraus, seltsam erregt, ich muß besänftigen. Er glaube doch wohl nicht, daß ich Jurist geworden wäre, wenn ich Zurechnungsfähigkeit und also Schuld in Frage stellen würde, sagte ich. Nur sei es einfach so, daß ich mich wissenschaftlicher Erkenntnis nicht verschließen könne, und diese zeige einwandfrei, wie wenig Freiraum uns die Gene ließen. Loos trank und schüttelte den Kopf und sagte, vor fünfundzwanzig Jahren habe die Wissenschaft noch einwandfrei bewiesen, daß sogar Schwachsinn lernbar sei und daß das Individuum bis in sein Mark hinein geformt, genormt und in der Regel verunstaltet werde durch Einwirkungen von außen. Ich sagte, die Wissenschaft pflege nicht stehenzubleiben, ich räumte aber ein, daß die Wahrheit vielleicht in der Mitte liege. Er bat mich, ihn mit der Mitte zu verschonen, er sei zu alt für sie. Ihm schwebe jedenfalls nicht vor, bis an sein Ende höflich auf jede Seite zu nicken, und jetzt falle ihm eben eine

Ergänzung ein zum vorher flüchtig Besprochenen. Wie es komme, daß die Menschen glückselig vor dem Fernseher säßen, Abend für Abend, süchtig nach dem Immergleichen, nach ihren Serien zum Beispiel, nach ihren Quizsendungen und so fort, deren Beliebtheit offenbar darin bestehe, daß sie das Immergleiche unablässig repetierten. Wie es komme, daß Hunderttausende auf den Schnauzbart eines Moderators oder Talkmasters fixiert seien und ein Aufheulen durchs Land gehe, wenn der Moderator oder Talkmaster urplötzlich ohne Schnauzbart auftrete. Wie sich erklären lasse, daß sich der Wunsch nach ödester Gleichförmigkeit nur vor dem Bildschirm rege, nicht aber im restlichen Ehealltag. Kaum nämlich habe man sich aus dem Fernsehsessel erhoben, denke man schon an Scheidung, nur weil der Partner sich die Zähne so wie gestern putze und anschließend gurgle wie immer. Wonach, Herr Clarin, steht unserer Natur nun eigentlich der Sinn?

Die Frage schien mir nicht einfach. Ich sagte, im Augenblick sei mir ein wenig kühl, ich wolle schnell die Jacke aus meinem Wagen holen, ob er mich kurz entschuldige. Nicht hungern, nicht dürsten, nicht frieren, sagte Loos, soweit sind wir uns einig, vielleicht fällt Ihnen noch weiteres ein. – Er sah mich erwartungsvoll an, als ich zurückkam, und fragte: Und? – Ich sah mich als Gymnasiast vor der Wandtafel stehn, den Blicken der Klasse ausgesetzt, auf das erwartungsvolle *Und* des Lehrers mit einem Blackout reagierend. Ob mir nicht gut sei, fragte Loos. Doch, sagte ich, ich sei mir nur Sekunden lang so vorgekommen wie früher, als ich vom Lehrer geprüft worden sei. Um Gottes willen, rief Loos, das tut mir leid, nichts liegt mir ferner, als den Lehrer zu spielen, ich habe aus ehrlicher Neugier gefragt, Sie sind ein junger Mann mit einem anderen Horizont, mit einem anderen Wissen, ich aber bin ein älterer Herr und nicht frei von Verhärtungstendenzen, weshalb ich mich höllisch bemühen muß, ein bißchen belehrbar zu bleiben. – Er schwieg. Ich überlegte mir eine Antwort. Im Tiefsten aber, sagte er gedämpft, bin ich nicht aufgeschlossen, das ist der Fluch der Treue. – Er gebe mir damit das Stichwort, sagte ich, es sei womöglich so, daß unsere Natur nach beidem verlange, nach Festem und nach Flüssigem, nach Wiederholung und nach Abwechslung, nach Halt und Haltlosigkeit. Loos sagte, er würde meine Diagnose unterschreiben, wenn sie nicht gar so überzeugend klänge. Es sei mir bewußt, sagte ich, daß alles komplexer sei. Auch das leuchte ein, meinte er.

Der Kellner wechselte die Aschenbecher. Man hörte fernes Donnern, ich hob den Kopf und sah nur Sterne. Loos' ausgedrückte Zigarette glühte weiter, ein Rauchfähnchen stieg von ihr auf, und wieder dachte ich an Valerie, der es nie gelungen war, eine Zigarette im ersten Anlauf auszulöschen. Er könne sich täuschen, sagte Loos jetzt, aber an der Art, wie ich meine Brille geputzt hätte, glaube er gesehen zu haben, wie selbstverständlich ich im Leben stünde, ob seine Vermutung stimme. Er spinnt wohl doch ein wenig, dachte ich und fragte zurück, ob er die Art und Weise meines Brilleputzens noch etwas präzisieren könne. Eben selbstverständlich, sagte er, halt wie nebenbei und ohne alle Angst, daß eins der Gläser springen könnte, daß Ihnen Ihre Brille aus den Händen fallen und in die Brüche gehen könnte. – Von dieser Angst sei ich tatsächlich frei, sagte ich, und wäre ich es nicht, so stiege die Wahrscheinlichkeit, daß das Befürchtete einträte. Das sei wie mit dem Stolpern. Wer sich in ständiger Angst zu stolpern fortbewege, der stolpere garantiert, kurzum, es sei mir völlig fremd, die Dinge des Lebens schwerer als nötig zu nehmen, insofern habe er sich nicht getäuscht. – Das klinge zwar plausibel, sagte Loos, und trotzdem sei er überzeugt, daß man weit häufiger aus mangelnder Achtsamkeit stolpere als aus Angst vor dem Stolpern. – Er möge mich nicht auf das Stolpern festlegen, bat ich ihn, ich hätte einfach sagen wollen, daß man Unglück gleichsam herbeifürchten könne, was überhaupt nicht heiße, daß es nicht auch das andere Unglück gebe, das uns als Blitz aus blauem Himmel treffe.

Loos kramte in seiner Jackentasche und holte ein kleines, schwarzes Spiralheft hervor und einen kleinen, schwarzen Bleistift. Er blätterte und suchte offenbar nach einer leeren Seite. Obwohl er sich bemühte, sein Heftchen mit der linken Hand ein wenig abzuschirmen, sah ich, daß es voll von Notizen und winzigen Skizzen war. Er notierte sich etwas, es konnte nicht mehr als ein Wort sein, und steckte das Heft wieder ein. Dann sagte er mehr zu sich selbst als zu mir: Es ist was dran, immer habe ich Angst gehabt, meine Frau zu verlieren, und eines

Tages *habe* ich sie verloren, und trotzdem war's ein Blitz aus blauem Himmel. – Das tut mir leid, sagte ich. Er nickte und trank. Nach einer Weile fragte ich, wann sie gestorben sei. Im Augenblick könne er darüber nicht sprechen, später vielleicht, sagte er, ich solle ein wenig von mir erzählen, zum Beispiel davon, ob mir mein Junggesellentum behage. Ich sagte, daß ich, wie schon erwähnt, kein Junggeselle wider Willen sei, mein Status sei gewollt und mir gemäß. Auf Unabhängigkeit und Selbstbestimmung zu verzichten, sei undenkbar für mich und um so weniger nötig, als man als Ungebundener die Freuden, die das Leben biete, viel unbekümmerter genießen könne. Den Vorwurf, ich scheute mich davor, Verantwortung zu übernehmen, müsse ich von mir weisen, schon darum, weil ihn stets jene erhöben, die unter ihr ächzten. – Sie stehen hier nicht vor Gericht, sagte Loos, aber erzählen Sie weiter. – Natürlich komme es manchmal zu Tränen, sagte ich, wenn ich einer Frau gegenüber, die mehr von mir erwarte, als ich investieren könne, ehrlich sei und ihr die Trennung nahelege, doch solche Tränen seien Petitessen verglichen mit jeder Art Ehe-Elend. Meistens sei ja die Sache auch bald verschmerzt, ich hätte mich zum Beispiel heute, auf dieser Terrasse, an eine Freundin erinnert, mit der ich hier vor längerem zum letzten Mal zusammengewesen sei, und auch für sie sei keine Welt eingestürzt. So sei es meistens: Die lockere Beziehung verhindere Tragödien und biete zudem Schutz vor einem traurigen und herkömmliche Paare selten verschonenden Schicksal. – Hier pausierte ich kurz, um einen Schluck zu trinken, und Loos, ganz bei der Sache, fragte: Nämlich? – Ich habe es schon angedeutet, sagte ich, ich rede von der ehelichen Stufenleiter, die vom Begehren über das Mögen über die liebe Gewohnheit über die Lustlosigkeit hinabführt bis zur Abneigung, womöglich bis zum Haß, und dann kommt die Stunde der diplomierten oder undiplomierten Berater, und vielleicht sorgt ein durchsichtiges Negligé oder ein verzweifelter Tanga für ein paar letzte Funken, und dann kommt die Stunde des Anwalts.

Warum so hitzig? fragte Loos, es behauptet ja niemand das Gegenteil. Die Ehe entspricht nur wenigen und überfordert die meisten, ich möchte Sie einzig bitten, das Wort *investieren* nicht zu verwenden, wenn Sie von Beziehungen reden, denn schauen Sie – hier zog Loos den Ärmel seiner Jacke ein wenig hoch und zeigte mir seinen Unterarm, auf dem ich ein paar rote Tüpfchen sah –, schauen Sie, ich bin allergisch. – Ich lachte, ich glaubte an einen Scherz, er aber blieb ernst und sagte, er lese oft und gern Kontaktanzeigen, weil er auf der Höhe der Zeit bleiben wolle, deren Beschaffenheit sich unter anderem ja auch in den Kontaktanzeigen widerspiegle. Da sei er neulich auf die Annonce eines Dreißigjährigen gestoßen, der sich selbst als *weltkompatibel* beschrieben habe und anschließend, unter dem Stichwort *Anforderungsprofil*, die benötigten Eigenschaften seiner Wunschpartnerin aufgezählt habe, worauf er, Loos, auf seinen linken Unterarm aufmerksam geworden sei, weil sich darauf innerhalb kürzester

Zeit rote Punkte gebildet hätten. – Ich sagte, halb lachend, halb verstimmt, ich wolle mich bemühen, Rücksicht auf seine Allergie zu nehmen, auch wenn es mir ein wenig widerstrebe, jedes Wort auf die Goldwaage zu legen. – Nicht jedes, jedes nicht, sagte Loos, und eigentlich beneide ich Sie ja darum, daß Sie, was Ihre Gefühle betrifft, ein zaudernder Investor und Anleger sind, so bleiben Verluste verkraftbar. Andrerseits ist freilich zu bedenken, daß sich, je kleiner das Risiko ist, auch die Gewinnaussichten minimieren, denn was wirft ein Sparheft schon ab? Gerade so viel, daß es für ein paar Reisen von Zürich nach Oerlikon reicht, während sich doch, wenn man sein Kapital waghalsiger angelegt hätte, im Glücksfall so viel gewinnen ließe, daß man die Welt umsegeln könnte, oder nicht? – Sie dürfen mich getrost hochnehmen, sagte ich, ich bin nicht sehr empfindlich, im übrigen habe ich verstanden, was Sie meinen, nur hat Ihr Gleichnis einen Haken und nimmt mich zu streng beim Wort. Über Gefühle haben wir keine Verfügungsgewalt, das weiß ich auch, es ist nicht fair, mir einen Strick daraus zu drehen, daß ich die sogenannte große Liebe noch nicht erfahren habe. Muß ich, nur weil einstweilen keine Weltumsegelung zu winken scheint, auch auf Landpartien verzichten? – Ja sehen Sie, sagte Loos, vorher hat eben alles sehr vorsätzlich geklungen, so als hätten Sie alles im Griff, jetzt klingt es menschlicher, aber es steht mir so oder so nicht zu, Ihre Lebensgestaltung zu werten, ich will Sie auch nicht fragen, ob es bei den paar Tränen bleiben würde, wenn Sie an eine Frau gerieten, die

Sie blind und verbindlich liebt, und ob dann Ihre, wie soll ich sagen, Tragödienverhinderungsmaßnahmen auch noch greifen würden. Doch wie erwähnt, das dürfen Sie mir glauben, aus mir spricht auch ein wenig Neid, denn etwas in mir hegt Sympathie für den flüchtigen Eros, für die spielerische Form der Liebe, nur kenne ich sie kaum, ich bin zu schwer dafür, und nicht einmal jetzt, wo ich allein und scheinbar frei bin, traue ich sie mir zu. Ich habe Sie gefragt, ob Ihnen Ihr Junggesellentum behage, ich wollte Lobendes hören, weil es *mir* nicht behagt, weil ich die positiven Seiten zu wenig sehen kann. Was ich hingegen sehe, um nur zwei Dinge zu nennen: Wie traurig schaut eine Zahnbürste aus, die einsam im Zahnglas steht, und wie oft fehlt mir am Abend ein Grund, um einzuschlafen, eine Umarmung etwa, ein Kuß, ein Streit meinetwegen, kurz etwas, das es mir erlauben würde, mich zur Wand zu drehen und als ein wohlig oder renitent Verkrümmter zu versinken, Entschuldigung, ich spüre den Wein, ich glaube, es wird Zeit. – Sie wollen schon gehen? – Zeit für den Zeitgeist, sagte Loos, aber vorher muß ich noch rasch auf mein Zimmer, bis gleich. – Ich sagte, während er schon aufstand, daß wir doch über den Zeitgeist schon dies und das geredet hätten. – Zu zahm, murmelte Loos, ging ein paar Schritte, er ging wie ein Bär, blieb stehen, drehte sich um und rief so laut, daß die anderen Gäste verstummten: Zu zahm!

Auch ich spürte den Wein, aber keinerlei Müdigkeit. Mit diesem Mann stimmt etwas nicht, dachte ich, und er ist kein gemütlicher Kumpan, und trotzdem hätte ich ihn eben, als ich glaubte, er breche schon auf, mit Krallen festhalten mögen. Wie kommt das nur?

So, sagte er, da wäre ich wieder, ist Ihnen auch schon aufgefallen, daß uns, sobald wir in die Toilette eines Hotelzimmers treten, die sogenannten Hygienebeutel für Damensachen empfangen? – Stört Sie das? fragte ich. Nein, sagte er, es schüchtert mich nur ein, hingegen stört es mich empfindlich, daß ich, sobald ich wieder im Zimmer bin und kurz den Fernsehapparat einschalte, blühende Frauen sehe, die sich dank dieser Damensachen selig am Meeresstrand tummeln. – Sie sollten solchen Werbespots vielleicht mit mehr Humor begegnen. – Es will mir nicht gelingen, Herr Clarin. Aber eigentlich habe ich oben, im Badezimmer, über die eheliche Stufenleiter nachgedacht, von der Sie berichtet haben und die für Sie vom Himmel in die Hölle führt. Die spannende Beziehung aber, ich habe zwölf Jahre Erfahrung, bietet ein anderes Bild, warten Sie, ich zeichne es Ihnen auf. – Ich fragte, während er Heftchen und Bleistift hervorzog, ob er gestalterisch tätig sei. Nur privatim, sagte er unwirsch und zeichnete mit leichter Hand eine Leiter, deren Fuß von Flammen umlodert war, um die zwei gehörnte Teufelchen tanzten, und deren oberes Ende sich an eine Wolke lehnte, auf der ein Engel saß. Mag sein, sagte Loos, daß man gemeinsam auf der obersten Sprosse beginnt, knapp unterhalb des siebenten Himmels. Verliebtheit, Leidenschaft, Trieb. Mag sein, daß man gemeinsam auf der untersten Sprosse endet, knapp oberhalb des Höllenfeuers. Abneigung, dégout, Haß. Ich sage *mag sein*, denn nicht einmal das ist gewiß. Vor allem aber scheint mir Ihre Vorstellung verfehlt, daß Paare zeitgleich und quasi gefühlskongruent von Sprosse zu Sprosse hinuntersteigen, gemächlich die einen, die andern rasant, aber immer Schulter an Schulter. So mechanistisch, fast hätte ich gesagt: harmonisch, geht es nicht her und zu auf dieser Leiter, da herrscht ein reger Betrieb und kein geordneter Einbahnverkehr mit Zielort Hölle, denn beide Teile steigen auf und ab, sie kreuzen sich dabei und sitzen vielleicht dann und wann ein Weilchen auf der gleichen Sprosse, wenn möglich auf einer hohen, wo sie Vertrauen und Gefühle der Nähe erleben, was sie dazu befähigt, einander wieder fern zu sein, einander zuzuwinken auch über diverse Sprossen hinweg. Im Glücksfall dauert das dynamische Geschehen auf dieser Leiter lebenslang, und im Extremfall wird man sogar die Erfahrung machen, daß Haß nicht töten muß, im Gegenteil. Wie wäre es mit etwas Käse? Sind Sie dabei?

Gern, sagte ich, aber was heißt *im Gegenteil*? – Loos klappte sein Heftchen zu und antwortete nicht. Er klappte es wieder auf, zeigte auf ein sehr einfach gezeichnetes Gebilde und fragte: Was ist das? – Es gleicht einer Acht, sagte ich, es könnte eine Sanduhr sein. – Er nickte. Es ist die Figur meiner Frau, sagte er und rief den Kellner. Nachdem er bestellt hatte, sagte ich, daß ich mit Glücks- und Extremfällen, wie er sie beschrieben habe, in meiner Anwaltspraxis nicht in Berührung käme und sie auch außerhalb davon nur selten ausmachen könne. – Könnten Sie es häufig, so wären es ja keine Glücksfälle, nicht wahr, ich habe etwas sagen wollen, was Sie nicht verstehen, nicht einmal ich verstehe es, nämlich es kann geschehen, daß man erst recht, vielleicht erst richtig lieben kann, was man gehaßt hat. – Das klang mir zu verstiegen, dazu fiel mir nichts ein, wir aßen den Käse stumm.

Ich suchte nach einem Anknüpfungspunkt. Er zeichne also privatim, sagte ich, ob er mir auch verrate, was er beruflich mache. Er unterrichte tote Sprachen, sagte er, doch darum gehe es jetzt nicht. – Man schwieg erneut, und schließlich sagte ich, bevor er auf sein Zimmer gegangen sei, habe er den Ausdruck *zu zahm* gebraucht, und zwar verhältnismäßig laut, so daß er mir im Ohr geblieben sei. Ob er mir … – Stimmt, unterbrach mich Loos, man ißt und trinkt und scheidet aus, läßt fünf gerade sein und zuckt die Achsel. Ich müßte mich, meinem vorgerückten Alter und dem damit verbundenen Zucken zum Trotz, wieder weit intensiver, schärfer, schneidender mit Zeit und Welt befassen und jeder Regung von Mildheit mißtrauen. Wer soll noch wittern, was vorgeht, wenn die Jungen vor lauter fahriger Betriebsamkeit, das heißt vor Apathie verblöden und die Alten vor lauter Nachsicht? Kurzum, ich habe mir verbissen in den Kopf gesetzt, nicht stumpf und zahm zu werden, wobei ich allerdings einräumen muß, daß mein Verzicht auf Resignation nicht sachlich begründet ist, sondern nur hygienisch, ich meine seelenhygienisch, verstehen Sie? – Nicht sehr, sagte ich, und Loos erklärte, der Sachverhalt sei simpel. Wenn sein Verzicht auf Resignation sachlich begründet wäre, so würde das bedeuten, daß er den Irrsinn, der alles und alle durchwirke, für reversibel und kurierbar halte, daß er, anders gesagt, an Rettung glaube, was ungefähr so albern wäre wie die Hoffnung, aus einer Jauchengrube könnten plötzlich Jasmindüfte steigen. Wenn er nun schon nichts ändern könne am Gestank, so wolle er ihn wenigstens beim Namen nennen und ihm gleichsam mit offenen Nüstern begegnen, das sei er seiner Seele schuldig. Sie, seine Seele, empfinde Ohnmacht zwar als Kränkung, als Schlimmeres aber, nämlich als Schande empfände sie es, wenn er die Fenster schließen würde, pfeifend auf Zeit und Welt.

Loos trank, ich staunte, wie viel er vertrug. Er redete beherrscht, stieß kaum je an und saß wie ein Fels. Allerdings schwitzte er ziemlich und fuhr sich von Zeit zu Zeit mit dem Taschentuch über die schimmernde Glatze. – Sie hassen die Welt, nicht wahr? fragte ich ihn, und ohne das geringste Zögern sagte er: Von ganzem Herzen. – Dann bin ich beruhigt, sagte ich und brachte ihn damit ein wenig aus der Fassung. Er kratzte sich im Nacken. Er suchte in allen Taschen nach seinem Feuerzeug, das vor ihm lag. Wissen Sie, sagte ich, es hat mir neulich jemand erklärt, daß Haß eine Vorbedingung der Liebe sein könne. – Loos lief rot an, und als ich schon befürchtete, er greife nach dem Käsemesser, lachte er kurz auf und dann, um Kontrolle bemüht, glucksend in sich hinein. Sein Lachen erleichterte mich und löste die Verkrampfung, in die sein steinerner Ernst mich hatte geraten lassen. Ich traute mich jetzt auch, ein bißchen forscher aufzutreten. Ob es sein könnte, fragte ich, daß er einer jener geknickten Idealisten sei, die es in seiner Generation bekanntlich gebe und die es dem Weltlauf verargten, daß er sich nicht um ihre Träume habe scheren wollen. Ob es sein könnte, daß er es leichter finde, die Wirklichkeit zu hassen, als seine jugendliche Wunschvorstellung von ihr zu revidieren. Ob er mir böse sei, wenn es mich ärgere, daß er die Welt verdamme, ohne viel mehr gegen sie vorzubringen, als daß ihn das Vorhandensein von Handys und von Hygienebeuteln beziehungsweise die Reklame für das, was in den Beuteln lande, störe. – Loos schwieg. Wo soll ich beginnen? fragte er schließlich und schwieg erneut. Dann sagte er: Es wäre jetzt ein Donnerwort am Platz, ein originelles und universelles, wie Sie es von mir erwarten. Es fällt mir leider nicht ein. Und auf die Beutel komme ich nicht mehr zurück und auf die Ausschlachtung von Körpersäften auch nicht. Vermarktet wird bekanntlich alles, und inmitten des tobenden Umschlagplatzes, auf dem sich inzwischen fast jeder und jede als ein Markenprodukt präsentiert, das die anderen überflügeln und ausstechen muß – inmitten dieses Schlachtfelds, sage ich, fühlt sich der einzelne, sofern er noch fühlt, ein wenig leer, ein wenig überfordert und ziemlich sehr vereinzelt. Nun kommt das Segensreiche: Der Markt läßt seine Opfer nicht im Stich, er zeigt Verantwortung. Dem Leeren bietet er, nicht gratis frei-

lich, Unterhaltung an, dem Überforderten ein Anti-
streßprogramm plus Ginsengkapseln und dem Ver-
einzelten ein Handy. Ist das nicht rührend? Wie kommen Sie auf die Idee, daß ich die Welt aufgrund der
Handys hasse? An Ihrer Unterstellung, Herr Clarin,
ist trotzdem nicht alles falsch. Es stimmt, ich habe
vor einigen Jahren, als der besagte Aufschwung
begann, das Handy als Alptraum empfunden, als
lästige Erscheinungsart des Exhibitionismus, der
damals auch am Fernsehschirm Furore zu machen
begann. Ich habe meinen Aberwillen mit vielen Menschen, die ich schätzte, geteilt, und ich schätze sie
nach wie vor, auch wenn es heute aus ihren Hand-
und Jackentaschen dudelt. Kritik allerdings emp-
fiehlt sich jetzt nicht mehr, es sei denn, man wolle
sich den Ruf einhandeln, ein unelastischer Geist zu
sein. Ich langweile Sie, nicht wahr?

Ich sagte, ich hätte ihm Fragen gestellt, um Antworten zu hören. Ich danke Ihnen, sagte er, ich bin
ja, seit ich meine Frau vor einem runden Jahr verloren habe, nicht mehr gesprächig, und wenn ich es
doch einmal bin, so spüre ich, daß man mir nur noch
aus Höflichkeit zuhört. Also. In dem Moment, wo
eine Tendenz sich durchsetzt, mag sie auch noch so
irre Züge tragen, ist sie auch schon im Recht. Was
viele tun und billigen, kann gar nicht falsch sein: das
ist die Logik, nicht wahr, die Logik des Blödsinns,
die jeden Kritiker für blöd erklärt, nicht wahr, ich
verliere den Faden. Ursprünglich wollte ich sagen,
daß mich das Handy abstößt, weil es die Liquidie-
rung des Privaten und Intimen betreibt und neben-

bei den Weltlärmpegel erhöht. Als abstoßender aber empfinde ich es, daß Vorbehalte verboten sind. Hat das Virus – welches auch immer – erst einmal alle befallen, darf man es nicht mehr Virus nennen. Am Anfang ja, am Anfang hat man jede Menge von Verbündeten. Je mehr der Strom aber anschwillt, je selbstverständlicher, je närrischer, je diktatorischer er sich gebärdet, um so mehr fallen um und hinein, und ich stehe belämmert am Ufer, und das Letzte, was sie mir zubrüllen, im Chor, sind die Worte: »Nur wer sich ändert, bleibt sich treu!«, und unsereins steht als verkalkter Sack am Ufer. So ist das, Herr Clarin, so war es immer, weshalb sich Nostalgie verbietet, ich habe früh und oft erlebt, wie meine Weggefährten zu Schmieröllieferanten jenes Rades wurden, dem sie einst in die Speichen greifen wollten, und dabei war der damals herrschende Geist, den wir in unserer Frühlingszeit zu Recht als menschenverachtend empfanden, noch eine Spur humaner als der, dem sie sich später nicht nur anbequemten, sondern auf allerlei Posten zum Durchbruch verhalfen. Als, um ein Beispiel zu nennen, der einigermaßen gebändigte Markt unbändig zu werden begann, ja außer Rand und Band geriet und schamlos ehrlich zeigte, daß er Moral nicht einmal mehr als Mäntelchen benötigte und so etwas wie Menschenwürde als drolliges Relikt der krepierenden Linken begriff, da saßen viele Alterskameraden bereits in ihren Sesseln und machten mit und sagten sich: Nur wer sich ändert, bleibt sich treu. – Und doch, Herr Clarin, gibt es neuerdings Hoffnung, ich habe neuerdings in einem Wirtschaftsblatt gelesen, daß sich gelebte Menschlichkeit am Arbeitsplatz und überhaupt empfehle. Es bahnt sich also, habe ich gedacht, eine neue Menschlichkeit an. Dann habe ich weitergelesen und einen Ausschlag bekommen, ich meine auf dem Unterarm. Sie zahle sich aus, die Menschlichkeit, hieß es, sie bringe Wettbewerbsvorteile, sie steigere die Produktivität, und Sie, Herr Clarin – hier verlor Loos die Beherrschung und schlug mit der Faust auf den Tisch –, Sie unterstellen mir, daß ich die Welt aufgrund von Hygienebeuteln und von Handys hasse.

Loos faßte sich sofort wieder und entschuldigte sich für seinen, wie er sagte, Impulsdurchbruch. Ich fragte ihn sanft, ob er wirklich den Eindruck habe, in einer verdorbeneren Zeit zu leben als vor fünfundzwanzig oder dreißig Jahren. Er habe bereits erwähnt, antwortete Loos, daß sich der Tränenblick zurück verbiete. Jede Zeit sei auf ihre eigene und neue Art verdorben, wobei es allerdings Epochen gebe, die den Ehrgeiz hätten, die anderen an Schwachsinn oder Niedertracht zu überbieten. Grundsätzlich aber betrachte er Geschichte durchaus nicht als Verfallsgeschichte, das heiße als Prozeß zum immer Verfehlteren hin, freilich auch nicht als Heilsgeschichte, in deren Verlauf sich alles zum Besseren wende, vielmehr verstehe er historische Entwicklung als hektischen Austauschprozeß. Schwinde ein Übel von gestern, so werde es heute durch ein neuartiges sofort ersetzt. Es sei wie mit der Maul- und Klauenseuche: kaum scheine sie ausgestorben, beginne der Rinderwahnsinn. So laufe alles, und die Summe der Übel bleibe sich ungefähr gleich, und zwar auf hohem Niveau trostlos, nur setzten sie sich heute rascher und flächendeckender durch dank der globalen Kanonaden, so daß innerhalb weniger Wochen fast jedes Kind mit einem Gameboy spiele und fast jede Frau sich praktisch über Nacht in eine phosphoreszierende Radlerhose stürze beziehungsweise, sobald ein anderes Diktat erfolge, in Dreivierteleggings mit Raubkatzendruck. Das seien zwar eher harmlose und bereits wieder verstaubte Beispiele, doch anschaulich seien sie trotzdem.

Ich fragte Loos, ob seine Frau je Radlerhose oder Leggings getragen habe. Loos verneinte. – Sehen Sie, das ist es, was mich stört, sagte ich, Ihr Urteil ist immer pauschal. Sie halten die Radlerhose für ein Übel, gut, das ist Ihr Recht, aber Sie tun so, als sei das Übel allgegenwärtig, als gäbe es nichts anderes mehr daneben. Ich bin überzeugt: wenn Sie neun prächtige Rosen bekommen, dann sehen Sie nur die eine, die etwas lädiert ist, und lobt jemand die acht intakten, so halten Sie ihn für blind oder blöd. Wer so wahrnimmt wie Sie, muß zwingend zu einem verheerenden Weltbefund kommen, und man fragt sich, wie und warum er es aushält in dieser Finsternis. – Wenn Sie, antwortete Loos, die Wirklichkeit mit einem Rosenstrauß vergleichen, dann wahren Sie doch bitte und wenigstens die Proportionen. Von Ihren neun Rosen sind nämlich acht beschädigt, und höchstens eine ist heil. Wer nimmt nun angemessener wahr: der, der den bedenklichen Zustand des

Straußes sieht, oder jener, der mit Entzücken das eine Röslein preist, an dem nichts auszusetzen ist? – Unabhängig davon, sagte ich, ob *Ihre* Proportionen stimmen, fällt eine Antwort leicht: am angemessensten nimmt jener wahr, der beides sieht, denn am Verfehlten schärft sich der Blick für das Gelungene und am Gelungenen für das Verfehlte. – Nicht schlecht, nicht schlecht, sagte Loos, nur etwas zu einfach vielleicht, Sie vergessen den springenden Punkt, ich will ihn gern an Ihrem Beispiel demonstrieren. Nehmen wir an, vier Rosen seien objektiv in schönster Verfassung und fünf seien objektiv versehrt. Wenn man nun meinen würde, das sähen alle so, weil es so augenfällig ist, so läge man falsch. Man braucht den Leuten nämlich nur so intensiv wie möglich einzuhämmern, die versehrten Rosen seien Prachtexemplare, so paßt sich die Wahrnehmung an, und die Leute empfinden das Welke als frisch und umgekehrt. Nie alle natürlich, aber gewöhnlich so viele, daß jene, die ihren eigenen Augen und ihrem eigenen Urteil trauen, sich fremd zu fühlen beginnen und sich sogar fragen, ob sie am Ende Schwarzseher seien, Nörgler und Wichtigtuer. – Entschuldigen Sie, Herr Loos, aber wenn in der pluralistischen Jetztzeit jemand mit der Behauptung daherkommt, er wisse, was gut und schlecht und richtig und falsch sei, so ist er wirklich ein Wichtigtuer, und man muß ihm die Frage stellen, woher er die Maßstäbe nimmt, die ihm, wie er glaubt, ein objektives Urteil erlauben. – Sie bestätigen mich indirekt, antwortete Loos, Sie sind auch so ein Zeitgeistreiter. Erst wird den Menschen eingeimpft, daß alles beliebig und relativ sei, und dann erklärt man jene, die auf Verbindlichkeit bestehen, zu Wichtigtuern beziehungsweise, was noch schlimmer ist, zu Hinterwäldlern. – Schon gut, beschwichtigte ich, es interessiert mich nun einmal, worauf Sie Ihre Werturteile gründen.

Loos rauchte, trank und überlegte. Dann sagte er: Nehmen wir Menschen statt Rosen, und schauen wir uns um auf allen Kontinenten und in allen Zeiten. Es war und ist ein Kinderspiel, die Menschengruppe X davon zu überzeugen, daß es sich bei der Menschengruppe Y um Ratten handle, die zu vertilgen seien. Man muß es einfach laut und lange sagen und wird beliebig viele Männer finden, die nur darauf gewartet haben, zum Totschlag ermuntert zu werden. Und auch beliebig viele Frauen, die schrill und willig mitgeifern. Ich werte diesen Sachverhalt als schrecklich, und sollten Sie neugierig darauf sein, worauf ich mein Werturteil gründe, so müßte ich den Tisch verlassen.

Daß er mir drohe, sagte ich, sei mir nicht angenehm, es sei auch überflüssig, da es mir nie in den Sinn kommen würde, jemanden zu fragen, aus welchem Grund er Unmenschlichkeit unmenschlich finde. Ich hätte ihn, Loos, nur nach den Maßstäben gefragt, mit deren Hilfe er Tendenzen der Zeit zu beurteilen pflege, Strömungen, Moden, die je nach Standpunkt die unterschiedlichsten Einschätzungen zuließen. Von Verbrechen sei nie die Rede gewesen, und was das Rattenprinzip angehe, so sei ich völlig seiner Meinung, nur hätte ich, wie schon erwähnt,

34

den Eindruck, daß er nur noch die Schrecken auf Erden sehe, und daher auch die Frage gestellt, wie und warum er es aushalte hier. Und inbegriffen sei in dieser Frage natürlich eine andere: ob es für ihn auch Helles und Schönes gebe. – Und ob, sagte Loos, ohne sich besinnen zu müssen, und ob, Herr Clarin, zum Beispiel die Musik, zumindest bis vor kurzem, aber eigentlich immer noch trotz der betrüblichen Erfahrung, die ich gemacht habe mit ihr. Vor kurzem nämlich habe ich eine Nacht lang Mozart gehört, die heitersten, herrlichsten Sachen, und den Welthaß trotzdem nicht aus mir herausgebracht und nicht überwunden, im Gegenteil, es hat mir die Musik verdeutlicht, daß Schönheit kein Trost ist, sondern ein Beleg für den Jammer. Zwar will sie mich vergessen machen, was ringsum ist und gilt, doch ebendadurch erinnert sie daran. Oder nehmen Sie Haydns *Schöpfung*, man braucht nicht tränenselig zu sein, um weinen zu müssen, wenn man gewisse Stellen hört, aber man weiß nicht, ob man wegen der Schönheit der Musik weint oder wegen des erschallenden Schöpferlobs oder wegen der Kluft zwischen dem Schöpferlob und der verstümmelten Schöpfung. Hauptsache, man weint, nicht wahr, wird geschüttelt und aufgeweicht und merkt daran, daß man kein Stein ist, obwohl ...

Obwohl? – Loos schneuzte sich und sagte: Obwohl das auch wieder Nachteile hat, denn der Versteinerte lebt wetterunabhängiger, doch wie auch immer, zum Schönen, Hellen, nach dem Sie mich fragen, gehört auch die Erinnerung, ich meine die an meine Frau, an das Zusammensein mit ihr, an einzelne Stunden, Gebärden, Sätze. Es ist schön, sich an Schönes zu erinnern, nur geht auch das nicht ohne Pein, da man das Schöne nicht erinnern kann, ohne die Wunde zu spüren, die sein Verlust geschlagen hat, und nun möchten Sie also noch wissen, wie und warum ich es aushalte hier. Sie hätten auch plump fragen können, ob es für unsereins nicht sinnvoll wäre, die Selbstbeseitigung zu planen. Man denkt durchaus daran und wäre morsch genug. An Lebensingrimm fehlt es so wenig wie an der Neigung, nicht mehr mitzumachen. Und glauben Sie mir, das Zerfließen ins Nichts ist mir kein Schreckbild, ich zaudere trotzdem. Kennen Sie Kleist? Er ist mir nah, und sein alleiniges Thema war die gebrechliche Einrichtung der Welt, aber am Schluß, bevor er Hand an sich legte, ist dieser konsequente Mensch inkonsequent geworden und hat in seinem Abschiedsbrief geschrieben: *Die Wahrheit ist, daß mir auf Erden nicht zu helfen war.* Das heißt doch wohl: Es liegt nicht an der Welt, es liegt an mir und meiner Blutarmut, wenn ich mich übermüdet fühle. – Aber eben, Abschiedsbriefe sind gern verzweifelt höflich, sie nehmen die Schuld auf sich und entlasten die Welt. Müßte die letzte Verlautbarung nicht sehr viel schroffer klingen? Ich fände es jedenfalls statthaft, wenn Kleist geschrieben hätte: *Die Wahrheit ist, daß sich auf dieser Erde nur Lumpen heimisch fühlen.* Nur wäre das erstens ein Selbstlob gewesen und zweitens eine Kränkung der zufrieden Lebenden, die seiner doch freundlich gedenken sollten, nicht wahr. Was mich angeht, ich zaudere, wie gesagt, und bis ich so weit wäre, mich selbst so auszulöschen, wie es mir vorschweben würde, nämlich gelassen und fast so nebenbei, wie man am Wegrand einen Halm ausrupft – bis dann wird die Natur das Nötige vermutlich ohnehin veranlaßt haben. Es kommt noch etwas hinzu. So verlockend das Ende auch sein mag, so unverantwortlich wäre es, meine geliebte Frau allein zu lassen, sie ungeschützt dem Schrecken preiszugeben.

Loos schneuzte sich erneut, ich sagte: Jetzt müssen Sie mir helfen: Ist Ihre Frau denn nicht gestorben? – Er schwieg und schaute mich mit Augen an, die fiebrig wirkten. – Gestorben wohl, sagte er dann, aber gleichsam nicht richtig begraben, und wenn ich von Alleinlassen rede, so meine ich das in einem kaum verständlichen Sinn, ich habe sagen wollen: Wer liebt sie, wenn ich nicht mehr bin, wer erinnert sich ihrer dann noch, wer ehrt und schützt ihr Andenken in einer gedächtnislosen Zeit? Verstehen Sie jetzt? Nur wenn ich lebe, ist sie aufgehoben. – Er will sie übers Grab hinaus behüten, dachte ich und sagte: Ja, ich verstehe, nur finde ich es seltsam, daß Sie Ihr Leben gewissermaßen als Dienst an einem Menschen definieren, den Sie verloren haben. Es kommt mir vor, als sei für Sie das bloße Akzeptieren des Verlusts schon eine Treulosigkeit. Das muß Sie doch lähmen, das bedeutet doch Stillstand, Sie haben ein Recht auf Ihr eigenes Leben mit allem, was dazugehört. – Loos hörte nicht zu, saß abgewandt, den Blick auf die dunklen Anhöhen jenseits des Tals gerichtet. Frische Himbeeren! sagte er laut in die

Nacht hinaus, dann schwieg er wieder. Sollte es doch noch irdische Genüsse für ihn geben? Ich fragte, ob er Lust auf Himbeeren habe und ob ich, falls vorhanden, welche bestellen solle. – Dort drüben, dort oben, fast alle Fenster sind jetzt erleuchtet, im Speisesaal des Kurhotels in Cademario hat man die Henkersmahlzeit eingenommen, und meine Frau hat auf dem Menüplan gesehen, daß es zum Dessert Himbeeren gab, und da wir etwas spät dran waren, ist sie in großer Angst gewesen, daß die Himbeeren ausgehen könnten, bevor wir mit der Hauptspeise fertig sein würden. Und obwohl ich gespürt habe, daß dies ein Unglück für sie wäre und daß sie von mir erwartete, es abzuwenden, hielt ich das Problem nicht für lösbar. Da hat sie mir vorgeführt, wie unnütz ich war. Die frischen Himbeeren, hat sie zum Kellner gesagt, wünsche sie sofort serviert, als Vorspeise sozusagen. So praktisch ist sie gewesen, so gern hat sie gelebt und Himbeeren gegessen. – Und warum Henkersmahlzeit? fragte ich. – Weil es die letzte war, Sie glauben nicht, wie ich sie manchmal dafür hasse, daß sie mir einfach erlosch, nach zwölf Jahren Ehe, Liebesjahren alles in allem, löst sie sich auf, stiehlt sich davon, macht mich zum Hinterbliebenen auf diesem grausigen Planeten, und dabei war sie auf dem besten Weg zu genesen, der Tumor war ja herausoperiert, Metastasen hatte sie keine, und unter dem Kopftuch wuchs das blonde Haar, das wegen des Eingriffs hatte entfernt werden müssen, mit großer Schnelligkeit nach. – Was ist geschehen? fragte ich zögernd. – Im Augenblick kann ich nicht sprechen darüber. – Nach einer Pause sagte ich, als könnte ihn das interessieren, daß die Freundin, mit der ich hier einmal gegessen hätte, auch Gast in Cademario gewesen sei. – Ich kann nicht sprechen darüber, wiederholte Loos, ich habe ohnehin zuviel geredet, weiß Gott warum ich einen fremden Menschen mit meinen Innendingen malträtiere, bestellen wir noch einen letzten Halben? – Sie malträtieren mich nicht, nur, wenn ich jetzt noch weitertrinke, wie komm ich dann die Kurven hoch nach Agra? – Zu Fuß, das macht Sie nüchtern und lüftet den Kopf, und morgen sitzen Sie frisch am Tisch und schreiben – worüber, worüber, es ist mir entfallen.

Es sei auch nicht wichtig, sagte ich, und ich sagte es nicht etwa darum, weil ich ihm seine zeitweilige Abwesenheit verübelt hätte, sondern weil ich meinem Vorhaben auf einmal fast keine Bedeutung mehr beimaß. Da Loos auf einer Antwort bestand, erklärte ich nochmals, es gehe um Fragen des Scheidungsrechts beziehungsweise um die Aus- und Umgestaltung der diese Materie betreffenden Gesetze in einzelnen Kantonen, und zwar von der Helvetik bis zum Beginn des 20. Jahrhunderts. Er wisse vielleicht, daß das einheitliche, bundesweit gültige Zivilgesetzbuch noch relativ jung sei, es sei, um genau zu sein, erst seit dem 1. Januar 1912 in Kraft. Bis dahin hätten die meisten Kantone ihre eigenen privatrechtlichen Gesetzbücher gehabt, und deren einschlägige Paragraphen seien das Thema meiner Arbeit. – So ein Zufall, sagte Loos, das ist auch das Geburtsdatum meines Vaters, aber glauben Sie, daß

Sie das schaffen über Pfingsten? – Beschwören könne ich es nicht, aber erstens falle mir das Schreiben
leicht, nicht zuletzt wegen meiner zweijährigen
Tätigkeit als Gerichtsschreiber, zweitens sei mir zum
Glück ein ausgezeichnetes Gedächtnis eigen, und
drittens sei das gesamte Material beisammen. – Sie
haben eine halbe Bibliothek mit ins Tessin ge-
schleppt? fragte Loos. Wo denken Sie hin, nur eine
einzige Diskette, sagte ich lächelnd. – Ach so, natürlich, sagte er, verzeihen Sie, ich denke manchmal
noch in alten und grobsinnlichen Kategorien, vor
allem seit kurzem wieder verstärkt, seit ich in Zwie-
tracht lebe mit Windows 2000. – Ich schwieg verunsichert. Loos füllte die Gläser. Er sagte, er brauche meinen Sachverstand und meinen Rat. – Worum es denn
gehe, fragte ich. Es gehe um die Frage, wie er Windows 2000 wieder loswerden und mit Windows 98
weiterarbeiten könne. Es habe sich nämlich gezeigt,
daß er nach der Installation von Windows 2000 seinen Trackball nur noch als PS-2-Maus mit zwei
Tasten habe laufen lassen können. Und dazu komme
der leidige Umstand, daß der PageScan nicht mehr
scannen und das Bandlaufwerk nicht mehr sichern
möge. Auch der Wizard-Maker verweigere sich,
kurz, die ganze Konfiguration, die unter Windows
98 einwandfrei funktioniert habe, sei quasi im Eimer.
– Ich starrte Loos an. Momente lang sah ich ihn dop-
pelt, und zwar, aufgrund eines Schattenspiels, mit
einem gewaltigen Schnurrbart, es sah so aus, als säße
ein schwarzer Vogel mit ausgebreiteten Flügeln auf
jedem seiner zwei Münder. Ich sagte schließlich, daß

ich passen müsse und keine Ahnung hätte. – Macht nichts, sagte Loos, ich kenne die Lösung. – Sie wollten mich also testen beziehungsweise blamieren, sagte ich. Mitnichten, Herr Clarin, nur etwas glänzen wollte ich, nur etwas Eindruck schinden, vor allem aber schnell kundtun, daß man kein digitaler Depp sein muß, kein gestriger Geist, um die totale Elektronisierung und Informatisierung manchmal zum Teufel zu wünschen. Wissen Sie, was ich mir dann und wann ausmale, wenn ich auf meinem Sofa liege? Die Welt nach dem planetarischen Stromausfall! Und alle Aggregate am Ende, die Akkus leer, die Batterien ausgelaufen – das globale Gerassel verstummt. Stillstand und aschgraue Monitore. Belämmerte Menschen, getrennt von den Geräten, mit denen sie verwachsen waren, herausgerissen aus ihrer viereckigen Schattenwelt und geblendet vom Glanz der anderen. Hören Sie überhaupt zu?

Tatsächlich war ich, während Loos immer wacher zu werden schien, fast eingenickt und hatte seine Stimme wie aus der Ferne gehört. Doch, ja, sagte ich und unterdrückte ein Gähnen, Sie haben mir weismachen wollen, Sie seien nicht rückwärtsgewandt, dann aber ein Szenario gezeichnet, das Sie Lügen straft. – Das stimmt, sagte Loos, das ist das Dilemma der heutigen Sofaträumer: gehen sie vom Bestehenden aus, ohne es anzutasten, starten sie also auf der Rampe des Status quo und phantasieren sie sich vorwärts Richtung Zukunft, um dort etwas Lieberes zur Erscheinung zu bringen, dann scheitern sie. Denn in der Zukunft wird das heute Faktische, das sie ja mitträumen müssen, noch dreimal faktischer sein. Da bringt man kein Luftschloß mehr unter. Zukunftsträume, mit anderen Worten, können nur Alpträume sein, zumindest für jene, denen schon vor der Gegenwart graut. Und wenn man sich diese wegträumt, indem man der Menschheit vom Sofa aus eine partielle Sintflut verordnet, dann landet man naturgemäß im Gestern. Den Vorwurf der Rückwärtserei muß man schlucken. Wer alles gern langsamer hätte, stiller, sinnlicher, weniger grell, hat keine andere Wahl, als sich ins Einst hineinzuphantasieren, denn wie erwähnt, das Künftige wird so gewaltsam wirklich sein, daß sich kein Träumchen mehr nach vorne wagt, verstehen Sie?

Ja, ich verstehe, sagte ich, was nicht bedeutet, daß ich Verständnis hätte für Ihren Anschlag auf die Energieversorgung, der übrigens auch Sie schwer treffen würde: kein Mozart und kein Haydn mehr in Ihren nächtlichen Stunden! – O Gott, sagte Loos, das habe ich nicht bedacht, aber ich kann es verwinden, ich werde mir zur Not selbst etwas vormusizieren. – Wein, fuhr ich fort, wird zur Mangelware und Zigaretten auch, nur schon aufgrund der kollabierenden Logistik. – Sie quälen mich, sagte Loos, Sie machen mir die Sintflut madig, das ist nicht nett. – Ich warne Sie ja nur vor deren Folgen für Sie selbst. – Gut, sagte er, dann müssen wir jetzt scharf überlegen, wohin man sich noch wünschen könnte. Vorne kein Stauraum für Träume, hinten Romantik mit Mängeln und in der Mitte jener pralle Wahnwitz, der unseren Fluchtwunsch verursacht. Wohin also? Was tun? – Ich wüßte etwas, sagte ich: wir sollten jetzt aufbrechen.

Fast hätte ich, als wir zur Erleichterung des Personals endlich und als letzte aufstanden, das Gleichgewicht verloren. Loos, selber leicht schwankend, wenn auch souveräner als ich, sah es und bot sich an, mich nach Agra hinauf zu begleiten. Ich sagte, daß ich sein Angebot zu schätzen wisse, er könne aber ruhig schlafen gehen. Es handle sich nicht um ein Angebot, sagte er, sondern um ein Bedürfnis. Ich bin noch fit, ich fahre, sagte ich, es geht ja fast nur aufwärts, abwärts wäre heikler. – Komm, sagte Loos, mach kein Theater. – Ich holte die Taschenlampe aus dem Handschuhfach meines Wagens, Loos stand daneben und sagte: Oh, ein Cabrio. – Ein Gebrauchtwagen, sagte ich und warf die Taschenlampe, da sie nicht funktionierte, ins Auto zurück. Wir haben ja den Halbmond, sagte er, hakte mich unter und zog mich weg. Nach wenigen Schritten ließ er mich wieder frei, abrupt, wie erschrocken über die plötzliche Nähe. Wir gingen ohne zu reden durchs Dorf. Vor dem kleinen Kiosk neben der Post blieb er stehen und sagte, hier würden auch Kunstpostkarten verkauft mit Aquarellen von Hesse, seine Frau habe sie sehr geliebt. – Und Sie? fragte ich, was halten Sie davon? – Für ihn, sagte er, sei das, was seine Frau einmal geliebt habe, irgendwie unantastbar. – Ich fragte im Weitergehn, ob das schon zu Lebzeiten seiner Frau gegolten habe. – Wenn es ihm unmöglich gewesen sei, ihre Liebe zu teilen, so habe er doch immer versucht, das von ihr Geliebte gelten zu lassen und das Liebenswerte daran zu erahnen. – Und wenn sie eines Tages einen Gartenzwerg heimgebracht hätte? – Loos sagte, normalerweise wisse man schon vor der Heirat, ob die Erwählte je einen Gartenzwerg nach Hause bringen werde oder nicht. Im übrigen habe seine Frau nicht nur die Aquarelle Hesses, sondern auch seine Literatur geliebt, wahrscheinlich, weil sie immer ein wenig auf der Suche gewesen sei, und für Suchende sei Hesse ja eine feine Adresse, man könne seine Bücher aufschlagen, wo man wolle, man stoße stets auf eine Lebensweisheit oder Lebensregel, was er, Loos, eher zum Verzweifeln finde, während sich seine Frau in einem karierten Heftchen eine Sammlung von solchen Weisheiten angelegt habe. Aber er wolle nicht spötteln, er habe ihre Vorlieben, wie gesagt, immer geachtet, und als sie einmal, vor etwa zwei Jahren, den Wunsch geäußert habe, über ein Wochenende mit ihm nach Montagnola zu fahren, um das Hesse-Museum in der Torre Camuzzi zu besuchen, sei er sofort einverstanden gewesen. Allerdings, das habe er in diesem kleinen und eigentlich recht hübschen Museum dann doch merken müssen, hätten ihn die ausgestellten Reliquien wie etwa Hesses Brillen oder ein Telegramm Adenauers zum Fünfundsiebzigsten des Dichters nicht sonderlich berührt, am wenigsten Hesses Regenschirm. Doch ausgerechnet dieser scheine seine Frau förmlich ergriffen zu haben.

Loos blieb stehn und atmete schwer. Seit ich allein bin, rauche ich wieder, das rächt sich, sagte er. Fünf Jahre lang habe ich nicht mehr geraucht, obwohl mich meine Frau, sie selbst war Nichtraucherin, niemals dazu gedrängt hat aufzuhören. Es war eine fettleibige Dame, die mich von meiner Sucht befreit hat. – Eine Handauflegerin? – Nein, keine Handauflegerin, sondern eine Person, die mir in einem Café gegenübersaß und diverse Süßspeisen verzehrte, hastig und mit geradezu schamloser Gier. Ich empfand Ekel. Wie kann man so haltlos und willensschwach sein, fragte ich mich, zündete mir eine Zigarette an und merkte, daß ich sie gierig rauchte. Es war meine letzte, und in den folgenden fünf Jahren kam es zu keinem Rückfall, so, von mir aus kann man weitermarschieren.

Etwas würde mich noch interessieren, sagte ich, nämlich die Sache mit Hesses Regenschirm. Was hat Ihre Frau so beeindruckt an ihm? – Das habe er sich auch gefragt, sagte Loos, zumal dieser Schirm nun wirklich ein simpler schwarzer Herrenschirm gewesen sei so wie sein eigener und so wie Millionen andere. Und nicht nur sich selbst habe er gefragt, sondern später im Hotelzimmer – sie hätten im Bellevue übernachtet – auch seine Frau. Auch er, ihr Ehemann, habe er zu ihr gesagt, besitze einen Regenschirm, aber offenbar sei sein Regenschirm für sie der Inbegriff des Unbedeutenden, während sie vor Hesses Regenschirm fast wie vor einem Heiligtum gestanden habe. Ob sie ihm nicht erklären wolle, was sie an diesem Regenschirm verzücke. Sie habe ihn angelächelt und ihn ans Freud-Museum in Wien erinnert, das sie einmal zusammen besucht hätten und in dem eine angerauchte Zigarre von Sigmund

Freud ausgestellt sei, die er, Loos, im Unterschied zu ihr geradezu andächtig betrachtet habe. Er habe seiner Frau recht geben müssen, denn diese Zigarre habe ihn tatsächlich intensiv berührt. Und damit sei das Thema erledigt gewesen. Im Bett habe ihm seine Frau dann noch ein Gedicht vorgelesen, das, auf ein DIN-A4-Blatt gedruckt, im Hesse-Museum aufgelegen habe und von dem sie sehr angetan gewesen sei. Zwei Zeilen daraus habe sie ihm dreimal vorgelesen, weshalb er sie auswendig könne:

Es muß das Herz bei jedem Lebensrufe
Bereit zum Abschied sein und Neubeginne.

Als sie ihn gefragt habe, ob das nicht schön sei, habe er taktloserweise nur schläfrig gegrunzt, worauf sie das Licht gelöscht habe.

Es überraschte mich angenehm, daß Loos nicht nur räsonieren und debattieren, sondern auf einmal auch erzählen konnte. Und da er vorher so wenig von seinem Leben preisgegeben hatte, ergriff ich jetzt die Gelegenheit und fragte ihn, ob ihm die Schule Spaß mache, ob er gern unterrichte. – Im Klassenzimmer stehe er gern, sagte er, unmittelbar außerhalb aber walte der Ungeist, denn im Verlauf der vergangenen Jahre sei die Schule fast überall in die Klauen von Funktionären geraten, von pädagogischen Analphabeten, jetzt aber, auf diesem Fußmarsch durch die stille Nacht, verbiete sich jedes weitere Wort über das Trauerspiel Schule.

Wir redeten nichts mehr, bis wir die kurvenreiche Steigung hinter uns hatten und das Plateau der Collina d'oro erreichten. Die Sterne waren weg, ein Wind kam auf. Was denken Sie? fragte Loos. – Ach, sagte ich, ich habe mich eben zu erinnern versucht, wann genau ich mit der Freundin, von der ich Ihnen erzählte, Schluß gemacht habe. – Ja, sagte er, es dürfte für Sie kein leichtes sein, die Übersicht zu behalten. Ist es so wichtig? – Überhaupt nicht, es ist mir nur plötzlich eingefallen, daß diese Freundin, die ja auch Kurgast in Cademario war, Ihrer Frau begegnet sein könnte, falls sich die beiden zur gleichen Zeit dort aufgehalten hätten. – Meine Frau war nur fünf Tage lang dort, bis zum elften Juni vergangenen Jahres, falls Ihnen das weiterhilft. – Das heißt, bis übermorgen vor einem Jahr? – Ja, sagte er leise, am Pfingstsonntag jährt sich das Unglück. – Ich traute mich nicht, ihn nochmals nach den Umständen ihres Todes zu fragen, und sagte mir jetzt auch, daß ich durch Valerie, die für drei Wochen in Cademario weilte, von diesem Todesfall gehört haben würde, wenn er sich zur Zeit ihres Dortseins ereignet hätte, erst recht natürlich, wenn Valerie bekannt gewesen wäre mit Loos' Frau.

Kurz vor Bigogno fielen erste Tropfen, ein Blitz erhellte das schlafende Dorf, die Grillen verstummten, und nach dem Donner riet ich Loos zur sofortigen Umkehr. Es sei nicht gut, etwas Angefangenes abzubrechen, sagte er, und zudem seien zwischen Blitz und Donner gut sechs Sekunden vergangen. Dividiere man diese Zahl durch drei, so wisse man, wie weit das Gewitter entfernt sei – ganze zwei Kilometer in unserem Fall. Er kehre also nicht um, hingegen wäre er froh, wenn er schnell austreten dürfte. Das sei seit längerem auch mein Bedürfnis, sagte ich. Wir stellten uns an den Straßenrand, einen Abstand von zirka zwei Metern wahrend. Ich erzählte, daß ich kürzlich einen scheidungswilligen Mann in meiner Praxis gehabt hätte, der von seiner Frau dazu dressiert worden sei, auf dem WC nur sitzend zu schiffen, zwecks Vermeidung von Spritzern, und jetzt, nach vierjähriger Folgsamkeit, empfinde mein Klient die Gängelung urplötzlich als Scheidungsgrund. – Loos ging nicht darauf ein, er summte vor sich hin. Ich hatte erstmals den Wunsch, ihn zu duzen. Was summen Sie? fragte ich. – *O wie schön ist deine Welt*, sagte er, ein Schubertlied, ein Lieblingslied meiner Frau. – Das habe ich fast angenommen, sagte ich, Sie sehen die Welt ja anders. – So ist es, man hat sich harmonisch ergänzt. – Ob diese Harmonie denn nie durch Streit getrübt worden sei, fragte ich und zog den Reißverschluß hoch. – So selten, sagte er, daß ich keinen vergessen habe, am wenigsten den letzten, bei dem es um Gurkengläser ging. – Um Gurkengläser? – Um leere Essiggurkengläser, sagte Loos, der jetzt seinerseits fertig war. Der Fall könnte Sie interessieren, ich meine juristisch. Im Paketfach, das früher Milchkasten hieß, im Paketfach unseres Briefkastens stand eines Tages ein leeres Gurkenglas, am übernächsten Tag ein zweites. Zuerst empfand ich die Gläser als eine Art scherzhaften Gruß, nach einem Monat aber, als ich bereits ein gutes Dutzend entsorgt hatte, wurde ich ungehalten. Gleichzeitig merkte ich, daß ich fast etwas enttäuscht war, wenn das Glas ein paar Tage lang ausblieb. Nach weiteren zwei Monaten kicherte meine Frau noch immer und nannte das Problem ein nichtiges, während ich es erdulden mußte, daß diese Gurkengläser in meine Träume eindrangen. Nachts stand ich manchmal in der lichtlosen Küche, von wo aus ich den Tatort überwachen konnte, allein, der Urheber zeigte sich nie. Es ist genug, sagte ich nach dem sechzigsten Glas, ich gehe zur Polizei, bevor ich wahnsinnig werde. Weißt du, was du bist? fragte meine Frau, und ihre Augen verrieten Momente lang Unmut, wenn nicht Verachtung. Ein Bünzli bist du, sagte sie. Also habe ich keine Anzeige erstattet, und meine Frau hat sich verpflichtet, die Entsorgung auf sich zu nehmen, und nun bitte ich Sie, Herr Clarin, den Fall aus juristischer Sicht einzuschätzen.

Nicht einfach, sagte ich. Mußte der Täter Ihr Grundstück betreten oder steht Ihr Briefkasten am Straßenrand? – Letzteres, sagte Loos. – Gemäß Strafgesetzbuch kommt Hausfriedensbruch also kaum in Betracht, hingegen könnte man sich auf das Umweltschutzgesetz berufen, das die Abfallentsorgung außerhalb von bewilligten Deponien verbietet. Für die Umtriebe schließlich, die Ihnen erwachsen sind, hätten Sie nach Obligationenrecht Anspruch auf Schadenersatz, doch wie gesagt, der Kasus ist schwer einzuordnen, Sie haben gut daran getan, die Gerichte nicht zu bemühen. – Danke, sagte Loos, Sie sind bewandert, haben Sie eine Visitenkarte? Im übrigen nahm der Spuk ein Ende, schon bald nachdem sich meine Frau der Sache angenommen hatte. Sie stellte eines Abends ein Glas *mit* Gurken ins Paketfach, und dieses muß den Delinquenten so tief verunsichert haben, daß er nicht wiederkam. – Hat er die Gurken mitgenommen? – Nein, sagte Loos, er glaubte vermutlich, sie seien mit Gift präpariert. – Sie hatten eine kluge Frau. – Ja, sie war lebensklug, im Unterschied zu mir, sie ist mir in manchem überlegen gewesen, obwohl sie zwölf Jahre jünger war, vor allem aber war sie sanft, weshalb es, wie gesagt, nur selten zu lauten Worten kam und nur einmal zu einem so bösen wie *Bünzli.*

Loos keuchte, ich drosselte das Tempo. Das Gewitter schien nicht näher gekommen zu sein, und als ich schon glaubte, daß wir Agra halbwegs trocken erreichen würden, setzte der wildeste Platzregen ein. Wir waren sofort durchnäßt, so daß es keinen Sinn mehr hatte, irgendwo unterzustehn. Wir sprachen nichts mehr. Erst unter der Haustür – Loos leuchtete mit dem Feuerzeug, damit ich das Schlüsselloch finden konnte – fragte ich ihn, ob er noch Lust auf einen Schlummertrunk hätte, auf ein Kaminfeuer vielleicht. – Sie fragen aus Höflichkeit, sagte er, Sie haben morgen viel vor. – Im Moment sei ich überwach, sagte ich wahrheitsgemäß. – Wir traten ein, scheu schaute Loos sich um. Ich kann Ihnen keine trockenen Kleider anbieten, sagte ich, Sie hätten nicht Platz darin, bitte, setzen Sie sich, ich mache gleich Feuer. – Entschuldigen Sie, sagte er, ich möchte lieber gehen, ich merke, daß es Zeit ist. – Schade, sagte ich und war wirklich enttäuscht. – Man könnte sich ja morgen nochmals treffen, wenn Sie möchten, vielleicht am Abend. – Ich sagte, wiederum wahrheitsgemäß, daß mich das freuen würde und daß ich ohnehin vorgehabt hätte, den Wagen erst abends zu holen. Im Stehen tranken wir noch einen Cognac, ich dankte Loos für die Begleitung.

Draußen zirpten die Grillen wieder, der Regen hatte nachgelassen, aufreißendes Gewölk gab kurz den Blick auf den Mond frei. Gute Heimkehr, sagte ich. Gute Ruhe, sagte er, und seine Gestalt, ein bärenhaft schwankender Schatten, verlor sich im Dunklen.

Obwohl es schon fast ein Uhr war, machte ich noch ein Feuer im Kamin, zog mich dann aus und setzte mich im Morgenrock davor, um über das Erlebte nachzudenken, um mein diffuses Bild von Loos zu klären. Statt dessen aber geriet ich in ein mir fremdes Brüten über mich selbst, ich hatte plötzlich die Empfindung, empfindungsarm zu sein, lau, flach, ich war mir unangenehm. Von Zeit zu Zeit knackte ein Scheit und warf ein paar Funken. Ich trank einen weiteren Cognac.

Irgendwann schüttelte ich mich, schob die Gluten zurück, ging zu Bett. Ich schlief so schlecht wie selten.

II

Kein Heilschlaf also, obschon ich, sonst ein Frühaufsteher, ganze zwölf Stunden lang liegen blieb und
erst gegen zwei Uhr mittags, verrenkt an Geist und
Gliedern, aus dem Bett stieg. Und dabei hatte ich vorgehabt, um neun mit meiner Arbeit zu beginnen; so
daß zum Unbehagen und zum Kopfweh auch noch
die Selbstverachtung kam, die disziplingewohnte
Menschen heimsucht, wenn sie aus Willensschwäche
nicht tun, was sie zu tun sich vorgenommen haben.
Es war recht kühl im Haus, und während ich den
Eisenofen im Arbeitszimmer anheizte, erinnerte ich
mich an meinen im Halbschlaf erstmals aufgestiege-
nen Verdacht, Loos' Frau könnte sich umgebracht
haben. Dies schien mir jetzt, im Wachen, noch gewis-
ser, es erklärte plausibel Loos' Scheu, über die
Umstände ihres Todes zu reden. Ich machte mir
einen starken Kaffee. Aber nimmt sich ein Mensch,
der offenbar erfolgreich operiert und in die Erholung
entlassen worden ist, das Leben? Und hatte Loos
nicht gesagt, seine Frau habe gern gelebt? Ich trat

vor die Haustür, es war trüb, es sah nach wenig erfreulichen Pfingsten aus. Die Ehe muß glücklich gewesen sein, ein Glücksfall laut Loos. – Vielleicht eine postoperative Embolie? Und da es auch postoperative Depressionen gibt, eventuell doch ein Freitod? Ich putzte im Stehen die Brille und hatte Angst, daß sie mir aus den Händen fallen könnte. Nach einem weiteren Kaffee ging ich ins Arbeitszimmer und setzte mich vor den Laptop, wo ich nach zehn Minuten merkte, daß ich nicht bei der Sache war, daß mich ein Nebel trennte von Bildschirm und Tastatur.

Ich ging zurück in die Wohnküche, setzte mich vor den kalten Kamin, sah eine dicke Spinne über die Dielen rennen, sprang auf, schlug sie mit dem Pantoffel tot. Innendefekt. Loos hat einen Innendefekt, dachte ich, ohne zu wissen, woher mir das Wort zuflog. Ich schrieb es auf einen Notizblock. Ich notierte Wörter, Satzfetzen und Sätze zu Loos und von Loos, wirr, ohne Zusammenhang. Ich fror und ging in den Schopf nebenan, um Holz zu spalten. Vielleicht bin ich zu normal, dachte ich. Immer noch besser als halbverrückt, dachte ich. Sein Totenkult! Es würde mich nicht wundern, wenn ihre Urne auf seinem Nachttisch stünde. Manchmal stößt er mich ab, manchmal glaube ich etwas zu spüren, das verwandt sein könnte mit dem, was ein Sohn seinem gebrechlichen Vater entgegenbringt. Ich schlug die Axt in den Spaltstock, begab mich nochmals ins Arbeitszimmer und nahm einen zweiten Anlauf. Ein paar einleitende Bemerkungen zu Thematik und Intention aus dem Ärmel zu schütteln: das hätte ich sonst auch in verkatertem Zustand vermocht. Und jetzt, obwohl dank Kaffee und Alka Seltzer sogar wieder leidlich im Lot, gelang es mir nicht.

Natürlich hätte es nahegelegen, das Treffen mit Loos abzusagen, um die Abendstunden der Arbeit zu widmen und am Pfingstsonntag früh und leichten Kopfes darin fortzufahren. Warum unterließ ich es? Gewiß nicht aus Höflichkeit oder Rücksicht. Loos brauchte mich nicht. Er war, so glaubte ich, nicht einer, der wie ein Seemann Geschichten loswerden muß, und nicht einmal sein Weltlamento schien angewiesen auf Widerhall, gar Anklang. Es konnte sogar sein, daß ich ihm lästig war und er es jetzt bereute, in einem Anflug alkoholbedingter Zuneigung ein zweites Treffen angeregt zu haben, und dies am Abend vor dem Todestag seiner Frau, einem Abend, den er, wie ich mir vorstellen konnte, dem unbehelligten Gedenken hätte widmen wollen. Für eine Absage sprach also alles – mit Ausnahme jenes Motivs offenbar, das sich als bestimmend erwies, auch wenn es mir zum Zeitpunkt des Entscheids nicht wirklich klar war. Loos zog mich an. Genauer, unverdächtiger: Ich suchte widerstrebend seinen Bannkreis und nenne dieses Phänomen magnetisch, ja meinetwegen magisch. Mehr nicht dazu.

Ich ging in die Küche zurück und reinigte den Backofen, den mein Vorgänger und Miteigentümer an Ostern zu reinigen vergessen hatte. Ich blätterte in einer Frauenzeitschrift, die, ich erinnerte mich, noch von Valerie stammte. Die Frage, ob Frauen ihre Männer nach Schönheitskriterien wählen, war neu-

en Untersuchungen zufolge entschieden. Je nach
Zyklusphase, las ich, variiere das Schönheitsideal
von Frauen, und zwar bevorzugten sie in den frucht-
baren Tagen männliche Männer mit Muskeln und
breiten Schultern, in der restlichen Zeit eher den wei-
cheren Typus. – Die restliche Zeit ist punkto Dauer
die Hauptzeit, dachte ich und machte trotzdem ein
paar Liegestütze. Ein anderer Artikel zitierte eine
Studie, wonach Männer wie Frauen Menschen mit
blauen Augen als attraktiver und intelligenter einstu-
fen als solche mit braunen oder grünen – ein For-
schungsresultat, das mich begünstigte. Als ich die
Zeitschrift weglegte, fiel mein Blick auf ihr Erschei-
nungsdatum, den 21. Juni des Vorjahrs. Kurz nach diesem Datum, also etwa zwei Wochen nach dem Tod
von Loos' Frau, mußte ich Valerie in Cademario
geholt, zum Apéro hierhergebracht und dann ins
Bellevue ausgeführt haben. Da dies, wie ich ganz
sicher wußte, gegen Ende ihrer dritten und letzten
Aufenthaltswoche stattgefunden hatte und da Loos'
Frau am 11. Juni nach fünftägigem Aufenthalt gestorben war, so konnte ich folgern, daß die zwei Frauen
während ihrer Anfangswoche gleichzeitig im Kurhaus Cademario gewesen sein mußten. Obwohl für
mich feststand, daß sie einander nicht kennengelernt
haben konnten – das Kurhaus ist ja auch riesig –, da
Valerie sonst, wie schon erwähnt, von diesem Todesfall berichtet hätte, brachte mich meine Entdeckung
in eine Aufgeregtheit, die ich mir schwer erklären
konnte. Irrationalerweise schien ich den Umstand,
daß sich Loos' Frau und Valerie vielleicht einmal

kurz angeschaut und zugelächelt hatten, als etwas zu empfinden, das mich enger mit Loos verband. Er selbst hatte freilich zu erkennen gegeben, knapp, fast harsch, daß ihn derlei Koinzidenzen nicht interessierten, weshalb ich mir vornahm, ihn damit in Ruhe zu lassen. Es war ja ohnehin unklar, ob es nochmals zu einer Unterhaltung kommen würde. Man könnte sich ja morgen nochmals treffen, hatte Loos wörtlich gesagt – daran erinnerte ich mich so genau wie an manch anderes, denn nie, fast nie hat sich das alte Wort vom Wein, der das Gedächtnis töte, an mir bewährt –, und dieses *Treffen* konnte einen Händedruck bedeuten, eine kurze Verabschiedung, aber auch ein zweites gemeinsames Essen. Was wäre mir lieber gewesen? Ich wußte es nicht so recht, neigte dann doch zu letzterem. Vielleicht so wie ein Leser, der ein ereignisarmes Buch weglegen möchte, schließlich doch darin weiterliest – sei es in der Hoffnung oder Ahnung, das Entscheidende komme noch, sei es weil ihm das halb Erfahrene, das Abgebrochene und Unerledigte ungute Gefühle macht. Der Vergleich hinkt zwar insofern, als ich nicht selbst bestimmen konnte oder wollte, ob unser Gespräch eine Fortsetzung fand: Loos' Lage und sein Altersvorsprung gaben ihm fraglos das Wunschrecht. Und was die unguten Gefühle betrifft, so habe ich sie jetzt, obwohl das Buch gelesen ist, erst recht. Ich wünschte, sie wären nur ungut.

Den Rest des Nachmittags verbrachte ich mit Nichtstun. Ich saß und ging in der Wohnung herum, hob eine Fussel auf, blies eine Krume vom Tisch, nach der ich mich nach einem neuerlichen Rundgang bückte. Untätigkeit ist mir verhaßt und setzt mich unter Streß. Herr, laß es Abend werden: Aus meinem Mund hat dieses Stoßgebet noch nie jemand vernommen. Nun aber vernahm ich es, und es wurde wie üblich erhört, so daß ich mich gegen sechs Uhr auf den Weg machen konnte, versehen mit einem Regenschirm und irgendwie bang gestimmt.

Die Terrasse war leer, ein Kellner damit beschäftigt, die nassen Tische und Stühle abzutrocknen. Als er merkte, daß ich ihm zusah, blickte er mehrmals zum verhangenen Himmel auf, skeptisch, wie um zu zeigen, daß ihm die mutmaßliche Vergeblichkeit seiner Verrichtung bewußt sei. Ich fragte, ob ich einen Aperitif bekommen könne. Er nickte, ich setzte mich an den gleichen Tisch wie am Vorabend, aber auf den Stuhl, auf dem Loos gesessen hatte, und als der Kellner meinen Campari holen ging, schaute ich die Fassade des Hotels hoch und erstarrte. Das Fenster des Zimmers, das mir Loos als das seinige bezeichnet hatte, stand offen, und wenn es auch kein Jagdgewehr war, das ich auf mich gerichtet sah, sondern ein Fernrohr, so fühlte ich mich doch höchst unbehaglich, ja bedroht. Aber bevor ich Loos wirklich böse sein konnte, zeigte er sich im Fenster und winkte mir zu, begütigend, wie mir schien, und wenig später stand er verlegen vor mir. – Das war taktlos, sagte er, ich bitte um Entschuldigung, ich war dabei, den Dunst zu durchdringen, da sah ich Sie und konnte nicht anders, als Sie kurz ins Visier zu nehmen, verzeihen

Sie, mein kleines Fernrohr dient sonst nur dazu, das Kurhaus Cademario heranzuholen, Sie sind recht blaß, wie geht es Ihnen? – Offen gestanden mäßig, sagte ich, und Ihnen? – Ich bin in spielerischer Laune, weiß Gott warum, sagte er und setzte sich mir gegenüber. Tatsächlich wirkte er anders als am Abend zuvor, gelöster, aufgeräumter, er strahlte Zugänglichkeit aus. – Sie bleiben doch zum Essen? fragte er. Gern, sagte ich, sofern Sie nicht lieber allein sein möchten. – Dann hätte ich nicht gefragt, von Pflichtgefühlen lasse ich mich kaum noch leiten. Je älter ich werde, desto penibler verlese ich sie und folge nur noch den paar wenigen, die sich auf halbem Weg mit meinen Neigungen treffen. Übrigens habe ich einen Tisch reserviert, drinnen, denn es besteht wenig Aussicht auf einen trockenen Abend. Warum geht es Ihnen nur mäßig? – Ich erzählte von meiner schwierigen Nacht, von meinem langen Liegenbleiben und meinem Unmut darüber, vom lahmen, verlorenen Tag. – Verlorene Tage gebe es nicht, meinte Loos, und Antriebsmangel, verstanden als ziviler Ungehorsam, als Gegenkraft zum großen Treiben, sei ein Symptom der Gesundheit. Alles, was der Verlangsamung diene, sogar ein ausgedehntes Frühstück, komme der Volksgesundheit zugute, die so gefährdet sei wie nie zuvor, weil mehr und mehr Menschen das Gefühl hätten, der rasenden Mechanik nicht mehr gewachsen zu sein und auf der Strecke zu bleiben. Ob sie es wahrhaben wollten oder nicht, ob sie es mit letztmöglicher Wendigkeit und munterem Schwung überspielten oder nicht: sie seien alle überfordert, restlos und pausenlos, und das mache krank. Hingegen die Tiere. Kein Tier auf Erden arbeite, mit Ausnahme vielleicht der Ameisen, Bienen und Maulwürfe, deren Geschäftigkeit aber nicht motiviert sei durch einen moralischen Imperativ. Die übrigen flanierten auf der Suche nach Futter ein bißchen herum, sofern es sich nicht um Haustiere handle wie Hunde oder Katzen. Ein Durchschnittshund zum Beispiel schlafe oder döse zwanzig Stunden am Tag, und ebenso gemütlich machten es sich die Katzen, seine Frau und er hätten ja eine gehabt, eine schwarze mit weißen Pfoten, seine Frau habe die Katze geliebt, er habe sie zu mögen versucht, aber gelegentlich Mühe gehabt, ihre unsägliche Faulheit zu billigen, sie habe sich einfach bedienen lassen und sei nach der Bedienung schnurrend im Halbschlaf versunken, während er auf die Uhr habe schauen müssen und aufbrechen müssen zur Arbeit, aber wenigstens seien diese Tiere im Unterschied zu den Menschen gesund und hätten ein glänzendes Fell.

Herr Loos, sagte ich, mich hat ein ganz normaler Kater lahmgelegt, dem Sie allzuviel Ehre antun, wenn Sie ihn als Ausdruck zivilen Ungehorsams deuten und zum Anlaß eines Exkurses über Tierwelt und Volksgesundheit nehmen. – Loos bestellte ein Glas Weißwein, schwieg lange und antwortete erst, als es vor ihm stand. Sein Hang zu Exkursen sei ihm bewußt, sagte er, oft habe seine liebe Frau ihn darauf hingewiesen. Zudem erinnere er sich dunkel, von Überforderung schon gestern geredet zu haben. Er wiederhole sich also. Exkurse und Wiederholungen aber bedeuteten für jedes Gegenüber eine Zumutung, und da er nicht versprechen könne, beides zu lassen, gebiete ihm die Höflichkeit, sich jetzt zurückzuziehen.

Loos meinte es ernst. Er stand auf und gab mir die Hand. Ich hielt sie fest, konsterniert, und sagte schließlich, ich hätte mich auf den Abend mit ihm sehr gefreut. – Wirklich? fragte er. – Wirklich, sagte ich und log ein bißchen, als ich ergänzte: Was Sie als Zumutung empfinden, stört mich nicht im geringsten. – Loos setzte sich und leerte sein Glas. Ruhig, als wäre nichts vorgefallen, nahm er den Faden wieder auf: Er kenne kaum jemanden, der nicht gezeichnet sei von der Angst zu versagen. Fast alle hätten, krud und bildlich gesprochen, die Hosen voll, und so wie die wirkliche Inkontinenz der Scham und dem Schweigen anheimfalle, so blieben die Versagensängste unterm Deckel. Man habe es also, in welchem Umfeld man sich auch bewege, mit lauter heimlichen Würstchen zu tun, die einen Großteil ihrer Energie dazu benötigten, ihr Stigma zu drapieren. Ein massenhaftes Coming-out sei nicht in Sicht, infolgedessen auch keine Revolution der Überforderten. In Sicht hingegen, ja schon Faktum, sei die Verbreitung seelischen Unglücks, die epidemische, in diesem Ausmaß noch nie dagewesene. Und so massiv der Einsatz chemischer Mittel auch sei, so bunt die Palette an anderen Heilmethoden oder Heilsversprechen: die Wurzel bleibe unbehandelt, das Elend wüte weiter.

Dulden Sie Einwände? fragte ich Loos. – Mag sein, daß ich ein Rechthaber bin, antwortete er, und trotzdem lechze ich nach Widerspruch. – Gut, sagte ich, ich habe Ihnen erzählt, daß ich den Vorsatz hatte, mich heute meiner scheidungsrechtlichen Sache zu widmen, daß ich dann aber, statt zeitig aufzustehen, liegen blieb und in den Mittagsstunden, gerädert wie ich war, nichts mehr zustande brachte. Und dieser Antriebsmangel, diese Willensschwäche eher, erfüllte mich mit Unmut, ja mit Selbstverachtung. So – das war der Anlaß Ihrer Abhandlung, das war die Mücke, aus der Sie einen Elefanten machten. Die These von der Überforderungsgesellschaft mag zwar ihr Richtiges haben und ist ja auch nicht nagelneu, nur hat sie nichts mit meinem Fall zu tun. Das ist das eine, und nun zur These selbst: Sie haben gestern doch erklärt, Sie seien kein Geschichtspessimist. Vielmehr, so sagten Sie, bleibe die Summe der Übel in etwa konstant, da jedes alte von einem andersartigen abgelöst werde. Ich stimme dem bei, ich gebe auch zu, daß das Gefühl, überfordert zu sein, eine Quelle des Unglücks sein kann, aber keineswegs eine neue. Überforderte gab es schon immer, jede Zeit bringt ihre Würstchen hervor und jede Gesellschaft ihr seelisches Elend … – Und weil das immer so war, fiel Loos mir ins Wort, soll man die Klappe halten, nicht wahr, vor allem dann, wenn man zur Problematik nichts Nagelneues beizusteuern hat. – Durchaus nicht, sagte ich, darf ich noch ausreden? – Entschuldigung, sagte er. – Ich möchte Sie an eine Zeit erinnern, fuhr ich fort, die ich, im Unterschied zu Ihnen, nur vom Hörensagen kenne, und zwar an die offenbar muffige Zeit der fünfziger und frühen sechziger Jahre. Wie engmaschig war das Moralgeflecht damals, wie starr das System der Werte, wie vorwurfsvoll das Auge Gottes. Soziale Kontrolle und Repression allenthalben – und eine Pädagogik, die ohrfeigend nur das Beste wollte: die Austreibung des Selbstwertgefühls, das als Vorwitz und Frechheit galt, die Abrichtung der Menschen zwar nicht zu Versagern – die leisten ja nichts –, wohl aber zu Wesen, die sich vor dem Versagen *fürchten* und darum alles tun, was ihnen abverlangt wird. Ich frage Sie als Zeugen jener Zeit: Stimmt meine Einschätzung? – Sie könnte von mir sein, antwortete Loos. – Es war die reine Überforderungsgesellschaft, sagte ich, dann aber kam der frische Wind, die Gängelbänder wurden gekappt, die Haare länger, die Röcke kürzer, Atem, Gang und Rede freier. Die Relativierung der Moral entlastete das Individuum, gelockerte und erweiterte Wertvorstellungen ermöglichten neue Lebensformen, kurzum, der Deregulierungsprozeß im weltanschaulichen Bereich schafft so viel Freiraum und Spielraum wie nie, und doch sind Sie der Ansicht, der heutige Mensch sei überforderter und seelisch bedrückter als je – nur deshalb, weil er das Tempo der Veränderungen nicht verkrafte.

Ich könnte nun sagen – so Loos nach einer längeren Pause, während der seine Kiefer mahlten –, daß es das Vorrecht der Alternden sei, die neue Zeit mit ihren neuen Übeln als weit verfehlter zu empfinden als die entschwundene. Ich könnte weiter sagen, es stehe im Ermessen jedes einzelnen, die Übel zu bewerten, wie er wolle, da ihre Größe nicht mit dem Metermaß zu eruieren sei. Ich sage beides nicht, obwohl wir dann einig wären. Aber einig sind wir uns nur in der Beurteilung einer miefigen Zeit und darin, daß wir ihren Untergang begrüßen. Über das hingegen, was folgte, denken Sie frohgemuter als ich. Sie fragen nicht nach dem Preis. Sie reden nicht von der vertrackten Lage derer, die von der Leine losgebunden wurden und nach den ersten paar Luftsprüngen ins Grübeln darüber geraten, wohin sie sich nun wenden könnten in der weiten, bunten, aber wegweiserlosen Landschaft. Versetzen Sie sich in die Lage einer Frau von 1950, die vor dem Kleiderschrank steht. Hier hängen zwei, drei Sachen für den Werktag sowie ein Sonntagskleid. Sie zaudert kaum, ihr Griff ist sicher. Die Frau von heute aber steht eine halbe Stunde lang vor ihrem übervollen Schrank, ein leichter Schwindel sucht sie heim, und sie empfindet jeden Griff als Mißgriff und kommt gewöhnlich zum Schluß, sie habe nichts anzuziehn. Gut. Über diese Art Not darf man lächeln. Nun hat die Frau aber Kinder, die zu erziehen sind. Nach welchen Normen? Mit welchen Methoden? Auf welche Ziele hin? Das Angebot ist breit und widersprüchlich und von beschränkter Gültigkeit. Kennen Sie Eltern, die nicht aufs tiefste verunsichert wären? Kennen Sie eine Mutter, die nicht das Gefühl hat, fast alles falsch zu machen oder, rückblickend, falsch gemacht zu haben? Als Zyniker könnte man sagen: Die Mütter, die Eltern empfinden sich zu Recht als Versager, denn schaut euch ihre Früchte an: lauter Verhaltens-gestörte, lauter labile, schwankende, orientierungs-lose Daseinszapper und -surfer. Aber das wäre, wie gesagt, zynisch und etwa so, wie wenn man dem Kapitän eines Schiffs, dessen Navigationsgerät infolge höherer Gewalt ausfiel, die Schuld dafür geben würde, daß er die Passagiere nicht auf festen Boden brachte. Kurzum, in der vergangenen Epoche hat ein verbindlicher Kanon von Werten, eine enge und strenge Moral uns gemodelt und häufig verkrümmt und stets überfordert. In der heutigen Zeit, in der die Rangordnung der Werte aufgehoben ist und diese selbst insofern privatisiert worden sind, als es dem einzelnen freisteht, von welchen er sich leiten lassen möchte, macht sich Ratlosigkeit breit: nichts schwie-riger, nichts überfordernder, als ohne Beistand suchen und wählen zu müssen. Ich will die alte und die neue Art der Überforderung nicht näher qualifi-zieren und sage nur, damit Sie mich nicht in die fal-sche Ecke stellen: Ich halte nichts für trauriger und für gefährlicher als das Brüllen der Freigelassenen nach Orientierung und Halt – womöglich nach der Peitsche.

Es fielen Tropfen, Loos schien es nicht zu merken. Er machte zwar eine Pause, aber ich sah ihm an, daß er noch nicht zu Ende war. Nun ja, sagte ich. Nun ja, sagte er, wenn wir zur neuen und erwähnten Form der Überforderung jetzt noch die neuere addieren, die durch die stürmische Entwicklung in Wissen-schaft und Technik bedingte, die darin besteht, daß wir das Tempo mit hängender Zunge und ohne

Erfolg zu halten versuchen und daß wir bleich konstatieren müssen, wie das, was wir heute an Wissen und Meinung erworben haben, morgen schon Schnee von gestern ist – dann, glaube ich, erweist sich meine Behauptung, das Ausmaß an seelischem Unglück sei ein noch nie dagewesenes, als nicht allzu gewagt. Wie soll das weitergehen? Darf man auf eine Revolution der Schnecken und der zu Schnecken Gemachten hoffen? Was meinen Sie? – Ich meine, daß es regnet, sagte ich, und daß wir vielleicht umziehn sollten. – Tatsächlich, sagte er, es regnet.

Nachdem wir an unserem reservierten Tisch im verglasten Anbau Platz genommen und unseren halben Weißen bestellt und bekommen hatten, stießen wir an. Auf die Revolution der Schnecken! sagte ich. – Auf baldiges Krachen im Gebälk! sagte er und schenkte mir sein so seltenes, halb schalkhaftes, halb wehmütiges Lächeln. – Da er nach Widerspruch lechze, sagte ich dann, wolle ich ihn mit zwei empirischen Befunden konfrontieren, die seine Diagnose in Zweifel ziehen müßten. Der eine sei statistisch erhärtet, der andere aus eigener Anschauung gewonnen. So zeige eine neue und repräsentative Erhebung, die das psychische, physische und materielle Befinden der älteren Generation zum Gegenstand habe, daß sich diese nach eigener Einschätzung bedeutend wohler fühle als die gleiche Altersgruppe, die vor zehn und zwanzig Jahren befragt worden sei. Die Jungen wiederum, die zirka Fünfzehn- bis Dreißigjährigen, legten nach meiner Beobachtung ein durchaus fideles, genußfreudiges, dem Spaß und dem Vergnü-

66

gen zugeneigtes Verhalten an den Tag – und keineswegs das depressive, triste, das zu erwarten wäre, wenn seine Schilderung der Lage stimmen würde. Man müsse nur einmal als Zaungast einer Street Parade beiwohnen, dann sehe man, wie aufgedreht und hochgestimmt sehr viele Junge seien. Und was mich selbst betreffe, mich als Mittdreißiger, so könne ich mit Unglück ebenfalls nicht dienen: mir falle das Leben leicht, und dessen Kürze sei für mich ein Aufruf, das Leckere nicht zu verschmähen.

Besonders lecker, sagte Loos und zeigte auf die Speisekarte, sei das Kaninchenfilet, er empfehle es sehr. – Ist das ein Ablenkungsmanöver oder nehmen Sie mich nicht ernst? fragte ich. – Ich habe doch gesagt, ich sei in spielerischer Laune, erwiderte er, und außerdem bin ich der Meinung, daß wir bestellen sollten, bevor ich zum Gegenschlag aushole. – Ich kenne es, sagte ich. – Er fragte: Was? – Das Kaninchenfilet, es war unser Abschiedsessen draußen auf der Terrasse. – Ich verstehe nicht ganz, sagte Loos. – Sie haben vielleicht überhört, daß ich einmal mit einer Freundin hier war, die drüben im Kurhaus logierte und der ich hier, in diesem heiteren Rahmen, das Ende der Beziehung nahelegen wollte. Da haben wir beide ein filetto di coniglio gegessen. – Schön, sagte Loos, und warum war sie drüben? – Nervenprobleme, vegetative Labilität, sagte ich. – Loos schwieg eine Weile. Das bringt uns ja wieder zum Thema, sagte er dann, das Unglück hat viele Gesichter, und ein gestörtes Nervensystem ist eines davon, ein stilles, sympathisches, wenn auch für die Betroffenen schwer zu ertragendes. Verbreiteter ist allerdings ein anderes, das eher eine Maske ist, eine Ausdrucksform, die das Leiden unkenntlich macht, nämlich der hektische Frohsinn. Ihre muntere Jugend, Herr Clarin, weiß instinktiv, was Besinnung und Stille bedeuten würden: Absturz in den Rachen der Realität. Ob Sie es glauben oder nicht, ich war einmal dabei, am Straßenrand, an einer Street Parade, und was ich da gesehen habe, war ein Trauerzug, freilich ein dröhnender. – Die Lebenslust ist also ein Symptom der Trübsal, sagte ich, sind Sie bei Trost? – Bei Trost bin ich nicht, nur ist das kein Beleg für den Widersinn meiner Deutung. Und wäre ich auch ein Narr, so müßten Sie mir immerhin Sinn für das Närrische zubilligen, für Maskeraden und Tarnungen aller Art, für die Vermummungskünste der traurigen Seele. Mir scheint, daß Ihr empirischer Blick nicht unterscheidet zwischen Kleidung und Verkleidung – daher Ihr heftiger Protest. Ich gebe Ihnen gern und väterlich einen Satz mit auf den Lebensweg, den ich irgendwo aufgeschnappt habe und sinngemäß zitieren kann: Wenn du einen Riesen siehst, so frage dich zuerst, ob es sich nicht um den Schatten eines Zwerges handelt. – Schön, sagte ich, schön und beherzigenswert, Sie sollten sich daran halten und nicht den falschen Schluß daraus ziehen, daß *jedes* Sein nur Schein ist – beziehungsweise jede Lebenslust verkappte Trauer. Die Existenz von echten Riesen stellt das Zitat ja nicht in Frage. – Stimmt, sagte Loos, dann wollen wir jetzt bestellen, das heißt, die glücklichen Alten sind noch rasch abzuhaken, fast hätte

68

ich sie vergessen. Für welche Altersgruppe gilt der statistische Befund genau? – Für Rentnerinnen und Rentner. – So so, für Rentnerinnen und Rentner, zugegeben, das ist eine umfängliche Gruppe, es freut mich, wenn sie sich wohler fühlt als in früherer Zeit, aber es wundert mich nicht, sie hat das Gröbste ja hinter sich, ist von vielen Zwängen befreit und besser gepolstert als früher. Von der Verblödung beträchtlicher Teile der Alten will ich nicht sprechen, obwohl sie ebenfalls zum Wohlbefinden beiträgt. Wie auch immer, das Ergebnis der Erhebung bestätigt meine Diagnose, ich meine nämlich, daß sich am Grad des Wohlbefindens das Mißvergnügen messen läßt, das ihm vorausging. Wenn sich die Pensionierten also weit besser fühlen als je, dann muß die Situation, der sie entronnen sind, so quälend sein wie nie, nicht wahr, dann können wir jetzt die Bestellung aufgeben, ich nehme das Kaninchenfilet.

Ich schloß mich an. Und da es mir sinnlos schien, noch weiteres zum Thema beizusteuern, kam das Gespräch ins Stocken. Er leitet jedes Wässerchen auf seine Mühle, dachte ich, und sammelt Belege für das Unglück der Welt, besessen wie jeder Sammler. – Es mag so scheinen, sagte er jetzt, als sei ich auf die schäbige Genugtuung des Rechtbehaltens aus, und das hat damit zu tun, daß man meine zweite und flehende Stimme nicht hört, wenn ich rede. Sie nämlich sagt nach jedem meiner Sätze: Liebe Welt, bitte, strafe mich Lügen. – Und? fragte ich, gibt sie ab und zu Antwort, die Welt? – Ja, aber eine ausweichende und eher ohnmächtig stimmende. Ihr lieben Sätzchen alle, sagt sie, ihr könnt mich nicht fassen, ich lasse mich, sagt sie, seit längerem nicht mehr begreifen und darstellen, sorry. – Sie könnte recht haben, sagte ich, und hätte sie recht, so müßten wir eigentlich über sie schweigen. – Nur nicht so stürmisch, nur nicht so kleinlaut, antwortete Loos, wir haben noch andere Möglichkeiten, und zwar mindestens zwei: die Beschimpfung der Welt und die Beschreibung der Ohnmacht, in die uns ihre rücksichtslos komplexe Wesensart versetzt. Und drittens, fällt mir gerade ein, gibt es ja Sätze, die nicht den Ehrgeiz haben, die Weltverfassung zu ergründen, zum Glück kann man auch über Fußball reden, über Hunde und Todesursachen, man kann sich Geschichten erzählen, die man erlebt, gehört oder erfunden hat, kurzum, wir sind, bildlich gesprochen, nicht darauf angewiesen, die Dame, die uns die kalte Schulter zeigt, zu unserem Thema zu machen, wir haben anderen Stoff genug.

Nachdem das Essen aufgetragen war, schloß Loos wie schon am Abend zuvor für einen Moment die Augen und griff dann erst zu Gabel und Messer. Nach ein paar Bissen hielt er inne und sagte, es habe ihm oft leid getan, daß seine Frau, wenn er ein feines Fleischgericht gegessen habe, nie mit ihm habe mitgenießen können, da sie es abgelehnt habe, Fleisch von warmblütigen Tieren zu essen. Am Anfang, als sie sich kennengelernt hätten, kurz nach ihrer Konversion zum Vegetarismus, sei sie wie alle Bekehrten ein wenig übereifrig gewesen und habe sogar, zu seiner Bestürzung, erklärt, sie küsse prinzipiell keine fleischfressenden Männer. Gottlob sei die Liebe dann stärker gewesen als ihr asketischer Vorsatz, so stark sogar, daß sie, seine Frau, die zwar bei der pflanzlichen Kost geblieben sei, von Zeit zu Zeit ein Hühnchen für ihn gebraten habe, ein Schnitzel, Lammfleisch und so weiter, allerdings immer in der rührenden Angst, das von ihr Zubereitete könnte mißraten sein. Es sei aber nie mißraten gewesen, sondern im Gegenteil. Manchmal jetzt, wenn er sich zu essen anschicke, sehe er ihre grünblauen, ängstlich-erwartungsvollen Augen auf sich gerichtet, wie überhaupt ihre Augen es seien, die er immer als erstes sehe, wenn er sich ihre Erscheinung vergegenwärtige.

Zum Glück, sagte ich, habe seine Frau wenigstens beim Weintrinken mitgehalten und zum Beispiel den Merlot bianco, den wir tränken, mit ihm zusammen genießen können. – Loos hörte zu kauen auf, starrte mich an, schluckte und fragte, warum ich das wisse. – Weil er mir gestern auf meine Frage, ob er mir seinen Wein empfehlen könne, die merkwürdige Antwort gegeben habe: ›Wir haben ihn immer als stimmig empfunden.‹ So eine Antwort vergesse man nicht, und ich hätte daraus jetzt einfach gefolgert, daß mit dem *Wir* seine Frau und er gemeint gewesen seien. – So sei es in der Tat, sagte Loos, er habe hier vor einem Jahr gelegentlich ein Glas mit seiner Frau getrunken. – Ich fragte, ob ich daraus schließen könne, daß er sie in den Rekonvaleszenzurlaub begleitet habe. – Auch dieser Schluß sei richtig, sagte er, nur wäre er froh, wenn er einstweilen nicht darüber reden müßte. Wie denn mein heutiger Tag gewesen sei? – Ich kann mich nur wiederholen, sagte ich, mein Tag war kurz und öde, es hat mir an Schwung gefehlt, an Klarheit im Kopf, die Arbeit ist liegengeblieben, und das Nichtstun hat mich verstimmt, mein Tag war also ein Untag, und Ihrer?

Meiner hat unfein begonnen, sonst kann ich nicht klagen. – Kater? Kopfschmerz? – Nicht die Spur, sagte Loos, aber nach dem Läuten des Weckers, das natürlich kein Läuten ist, sondern eine Abfolge von Piepstönen wie alles heutzutage, bin ich nochmals kurz eingenickt. Da hat mich ein lästiges Träumchen geplagt, ein LQS-Träumchen. – Loos kaute, ich fragte, ob das ein psychologischer Fachausdruck sei. – Jetzt noch nicht, sagte er, aber wahrscheinlich bald einmal. LQS bedeute Lohnwirksames Qualifikationssystem und sei unter dieser bombastischen Bezeichnung auf Geheiß der Wirtschaft und ihrer hündischen Vollstrecker auch in die Schulstuben eingedrungen. Zwecks Qualifizierung der Lehrperson schneie nämlich von Zeit zu Zeit ein Visitator herein, setze sich hinten in eine Bank, breite diverse Blätter und eine Checkliste vor sich aus und achte während des Unterrichts auf die Fachkompetenz und die Methodenkompetenz und die Sozialkompetenz der Lehrperson, wobei ihm zur kompetenten Beurteilung dieser drei Kompetenzen nicht weniger als neununddreißig Beurteilungskriterien zur Verfügung stünden. Damit er wisse, was beispielsweise zur Sozialkompetenz gehöre, seien auf der Checkliste elf relevante Punkte aufgeführt, unter anderem Gestik und Mimik der lohnwirksam zu qualifizierenden Lehrkraft, ferner, was immer das heißen möge, ihre Vorbildwirkung, und zwei weitere Punkte seien Durchhaltevermögen und Humor, beides lohnwirksame Sozialkompetenzen, um die man als Betroffener dieser Veranstaltung allerdings öfters vergeblich ringe. Kurzum, so Loos weiter, bevor er wieder zu Messer und Gabel griff: Wenn das Lohnwirksame Qualifikationssystem schon als Wortschöpfung ein Alptraum sei, wie sehr dann erst das mit ihr Gemeinte und wie entschiedener noch der morgendliche Traum davon. – Was haben Sie denn geträumt? – Das Übliche halt, ich kam zu spät und ohne jede Vorbereitung in die Klasse, was beides in Wirklichkeit nie geschieht. Die Schüler blieben stumm, kauten Kaugummi, verschickten und empfingen SMS-Botschaften, der Visitator machte Kreuzchen, nahm mich nach Schluß der Lektion beiseite und sagte mir ins Ohr, meine Nasolabialfalte sei zu ausgeprägt, das gebe etwas Abzug, worauf ich erwacht bin. Leider hat mich die Nasolabialfalte, die im Volksmund Kummerfalte heißt, den ganzen Tag lang verfolgt, und in Lugano, beim Spazieren, habe ich alle Gesichter wie unter Zwang darauf hin abgesucht, aber sonst, wie gesagt, war mein Tag durchaus erträglich.

Gestern, auf unserem Nachtgang nach Agra, sagte ich, habe er über das Thema Schule nicht reden mögen und lediglich von Trauerspiel gesprochen. Ob er damit das eben geschilderte Qualifikationssystem gemeint habe. – Am Rand auch dieses, sagte Loos, denn es sei Teil der Barbarei, die in den Schulhäusern wüte. Seit sich die sogenannten Bildungspolitiker darauf geeinigt hätten, die Schule müsse frontorientiert werden – ein Ausdruck übrigens, der alles sage über die Geisteshaltung dieser Leute –, seither hallten die Schulhäuser wider vom Hecheln und Keuchen der Schüler und Lehrer. Aber solange noch ein Stücklein Kaninchenfilet und ein paar Bohnen auf seinem Teller lägen, verbiete sich jedes weitere Wort in dieser Angelegenheit, denn schon das LQS habe seine Eßlust gedrosselt. Während des Essens sei grundsätzlich zu verzichten auf unerquicklichen Gesprächsstoff, dies habe ihn seine Gattin gelehrt, und daran hätten sie sich in der Regel auch gehalten, was ihn allerdings zu einer gewissen Einsilbigkeit verurteilt habe, vor allem dann natürlich, wenn der Mahlzeit die Lektüre der Zeitung vorangegangen sei. Er sei ja, nebenbei erwähnt, ein süchtiger Zeitungsleser, aber während die Befriedigung einer Sucht normalerweise Lust bereite, bewirke sie bei ihm vorwiegend Ekel, ob das nicht paradox sei? – Nur auf den ersten Blick, sagte ich, denn es gibt Menschen, die sich nicht ungern ekeln und förmlich scharf sind auf alles Unerfreuliche. – Sie meinen mich, sagte Loos, ich habe mich gegen Ihren Verdacht schon mehrmals zur Wehr setzen müssen, und trotzdem, auf einer allgemeineren Ebene haben Sie recht: Ohne ein Quentchen Kotlust müßte sich jeder halbwegs empfindsame Mensch nach dem Lesen der Zeitung die Hände waschen, aber wir sind ja noch immer am Essen, verzeihen Sie, und mein heutiger Tag war wirklich arm an Mißvergnügen, sofern man absieht vom erwähnten Traum und vielleicht noch davon,

74

daß ich in diversen Geschäften Luganos erfolglos nach etwas gesucht habe, was kaum noch hergestellt zu werden scheint, weil sich die Textilindustrie immer weniger um die Bedürfnisse und Gewohnheiten der älteren Menschen schert. Fünfzig Jahre lang habe ich Unterhosen mit Öffnung beziehungsweise Eingriff getragen – Öffnung heißt es in der Schweiz und Eingriff in Deutschland –, aber diese Hosen mit Öffnung oder Eingriff sind mehr und mehr vom Markt verschwunden. Meine Frau, fällt mir gerade ein, hat einmal ähnliches erlebt. Eine Zeitlang waren BHs mit Metallbügeln oder -drähten so in Mode, daß sie die größte Mühe hatte, noch irgendwo normale aufzutreiben. Einen Metallbügel-BH konnte sie einfach nicht tragen, weil er sie an die schrecklichste Begebenheit in ihrem Leben erinnert hätte, doch das gehört jetzt nicht hierher, ich wollte sagen, daß die normalen Unterhosen systematisch verdrängt worden sind von unzweckmäßigen Slips, die keinen Eingriff mehr aufweisen und sich von den Damenslips kaum noch abheben, so daß in Sachen männlicher Unterwäsche von einer schleichenden Feminisierung und also Abschaffung der Differenz gesprochen werden muß. – Ich bitte Sie, Herr Loos, es gibt doch auch noch Boxer-Shorts, und die sind frei von jedem femininen Touch! – Auch ausprobiert, sagte Loos, sie sind mir zu geräumig, in ihnen kommt keine Geborgenheit auf, aber eben, die Welt ist aus den Fugen, und vieles sucht man vergeblich in ihr.

Loos pausierte und wirkte erbittert. Nicht das leiseste mimische Zeichen verriet, daß er seine Klage selbst lachhaft fand. Entweder war er ein Verstellungskünstler oder ich hatte es eben doch mit einem Gestörten zu tun. Trotz meines Befremdens hob ich mein Glas und sagte tröstend: Auf den Eingriff! – Jetzt lächelte er, griff seinerseits zum Glas und stieß mit mir an. Dann trank er in einem Zug aus. Im Grunde bin ich aufgeräumt, sagte er, denn ich habe in Lugano auch etwas Schönes, etwas fast Wundersames erlebt, soll ich es Ihnen erzählen, oder würden Sie es begrüßen, wenn ich ein wenig stiller wäre? – Ich fragte zurück, ob er sich denn nicht vorstellen könne, wie neugierig ich darauf sei, für einmal nichts Verneinendes aus seinem Mund zu hören. – Anklagen ist mein Amt und meine Sendung, sagte Loos. – Pathetischer Spinner, dachte ich, und Loos sagte: Schiller. – Und dann erzählte er – der Kellner hatte mittlerweile abgeräumt –, er habe am Bahnhofskiosk von Lugano eine Zeitung gekauft, die Dame habe ihn freundlich bedient, wie es das Schild hinter der Scheibe mit dem Aufdruck *Freundlichkeitsgarantie* ja auch versprochen habe. Er sei dann auf dem Bahnhofsvorplatz an zwei Automaten vorübergekommen, Paßfoto-Automaten, und habe sofort den Wunsch gehabt, sich wieder einmal auf einem Foto zu sehen. Die eine Kabine sei besetzt gewesen, der Vorhang zugezogen, er habe sich in die andere gesetzt, die Münzen eingeworfen und sich mit aufgerissenen Augen gefaßt gemacht auf den Blitz, der ihn dann trotzdem erschreckt habe. Die Person nebenan sei fast gleichzeitig mit ihm aus der Kabine getreten, eine aparte Frau um die Vierzig, die ihm nicht einfach zugenickt habe, so wie er ihr, sondern zugelächelt, sehr zugelächelt, er sei verlegen gewesen, er habe geschwitzt. Während des Wartens auf die Entwicklung der Fotos hätten sie noch einige Male Augenkontakt gehabt, der Blick der Frau sei warm und forschend gewesen, der seinige wohl eher scheu, er habe jedesmal als erster weggeschaut. Gesprochen worden sei nicht, ihm habe nichts einfallen wollen, denn er sei nie ein Mann von Welt gewesen. In puncto Spontaneität sei er ein Dilettant: so habe seine Ehefrau es einmal formuliert, wörtlich, doch voller Nachsicht. Als das Papier mit den vier Paßfotos endlich in den Ausgabeschacht gerutscht sei, habe er sich erleichtert gefühlt und es sofort herausgenommen, es sei noch warm und etwas feucht gewesen. Wie vor den Kopf geschlagen habe er die Fotos betrachtet und einfach nicht wahrhaben wollen, daß dieses Bild eines halbdebilen und steckbrieflich gesuchten Verbrechers das Abbild seiner selbst sei. Zwar sehe er sein Gesicht, so wie es ihm der Spiegel zeige, als schattige Herbstlandschaft, was aber nicht bedeute, daß er es untragbar finde. Das Gesicht auf dem Foto hingegen sei eine Zumutung gewesen, und seine Bestürzung habe den Gipfel erreicht, als die Frau, die ihn offenbar beobachtet habe und inzwischen auch im Besitz ihrer Fotos gewesen sei, ihn angesprochen habe.

Loos drückte seine Zigarette aus und wischte mit dem Taschentuch umständlich-sorgsam den Schweiß von Stirn und Nacken ab. Er trank. Er trank zügig wie am Abend zuvor. Er sah nicht aus wie ein Verbrecher, es ist mir wirklich schleierhaft, warum mich, als er das Wort aussprach, der schreckliche Gedanke streifte, daß Loos seine Frau vielleicht umgebracht hatte. Kaum zeitversetzt mit dem Gedanken war mir auch schon sein Aberwitz bewußt, und zur Rechtfertigung blieb mir nichts übrig, als meinen Sekundenverdacht als Zeichen dafür zu nehmen, daß mir mein Gegenüber noch immer völlig fremd und nicht geheuer war. Wohl neige ich dazu, grundsätzlich allen alles zuzutrauen, denn wer Gerichtserfahrung hat, kann gar nicht anders. Und trotzdem schämte ich mich jetzt für meinen flüchtigen Verdacht Loos gegenüber, der erstens nicht so wirkte, als sei er auf Hafturlaub, und zweitens derart liebevoll von seiner Frau gesprochen hatte, von seiner harmonischen Ehe mit ihr, daß man fast neidisch hätte werden können. Worüber denken Sie nach? fragte Loos. – Ach, sagte ich, eigentlich über nichts, ich habe mich nur gefragt, warum man auf Automaten-Fotos häufig ein bißchen schwachsinnig, sogar fast kriminell aussieht und warum dies eher bei Männern als bei Frauen der Fall ist. – Könnte es sein, fragte Loos, ohne mich anzuschauen, daß Sie über anderes nachgedacht haben? – Ich schluckte leer und verneinte. – Die Gedanken sind frei, sagte er, im übrigen trifft Ihre Beobachtung zu, die fremde Frau jedenfalls hat auf den Fotos fast ganz so ausgesehen wie in natura, nämlich sehr angenehm, um nicht zu sagen bezaubernd. Aber der Reihe nach. Ich wollte gerade gehen und einen Abfallkorb suchen, da hat die Frau mich angesprochen und mich gefragt, ob sie die Fotos sehen dürfe. Ich weiß nicht, was mich perplexer machte: das eigentümliche Ansinnen oder die Ähnlichkeit ihrer Stimme mit der meiner Frau. Ich stotterte, die Fotos seien grauenhaft, sie seien so mißraten, daß es mir peinlich wäre, sie zu zeigen. Die Fremde lächelte. Ihr Kopfputz, ein orangefarbenes Tuch, lose umgebunden, warmes indisches Orange, erinnerte mich ebenfalls an meine Frau und an die schlimme Zeit, in der man ihr das Haar nahm. Die Fremde sagte jetzt, sie finde Mißratenes spannend. Auf mein Warum ging sie nicht ein, sie trat einen Schritt auf mich zu und griff, wieder lächelnd, sehr sehr behutsam nach dem Papier in meinen willenlosen Fingern. Setzen wir uns, sagte sie und zeigte auf die metallene Bank neben den Fotokabinen. Dort schaute sie die Fotos an und äußerte sich nicht. Nach einer Weile fragte sie: Darf ich eines davon haben? – Wieso denn? fragte ich. Sie sagte: Muß alles begründet sein? – Vielleicht nicht, sagte ich, nur, so entstellt verschenke ich mich ungern, oder sammeln Sie Fratzen? – Sie nestelte in ihrer Handtasche und entnahm ihr eine winzige Schere, und da ich einfach zu verdattert war, schritt ich nicht ein und ließ es geschehen, daß sie eins der vier Bildchen ausschnitt, säuberlich, voll kindlicher Hingebung. Und jetzt die Gegengabe, hat sie gesagt und eins von ihren Fotos ausgeschnitten. Sie hat meine freie, zur Faust verkrampfte Hand genommen, hat einen Finger nach dem andern gleichsam aufgeklappt und mir das Foto auf die Hand gelegt.

Loos schien bewegt. Er sagte, er müsse schnell auf sein Zimmer. Erst jetzt, als er wegging, bemerkte ich, daß er den leichten, ärmellosen Pullover, den er trug, falsch angezogen hatte: Der V-Ausschnitt war hinten, und hinten rechts, auf der Höhe des Schulterblatts, war ein schwarzer Trauerknopf angesteckt. Der Anblick belustigte mich nicht, ich fand ihn irgendwie verstörend. Loos blieb gut zehn Minuten weg und sah verändert aus, als er zurückkam. Er habe, sagte er, den Drang gehabt, sich zu rasieren, nun sei ihm wohler. Den Pullover trug er jetzt richtig, doch ohne Trauerknopf.

Ich habe mein Erlebnis wundersam genannt, was es auch war, sagte er, aber es hat mich nicht nur gehoben, sondern zugleich auch gebeugt. – Entschuldigen Sie, unterbrach ich ihn, Sie haben noch gar nicht zu Ende erzählt, wie ist es weitergegangen? – Es ist nicht weitergegangen, ich muß geflohen sein, ich fand mich wieder im Postauto nach Montagnola, wo ich aus der Betäubung aufgewacht bin, ohne mich daran erinnern zu können, wie ich zur Haltestelle gelangt war. Wüßte man es nicht besser, so könnte man fast meinen, die Fremde habe mich verhext, nicht wahr? – Mein Gott, Herr Loos, was heißt verhext? Bezirzt hat Sie die Frau, sind Sie denn blind, die hat sich Ihnen förmlich aufgedrängt, zumindest angetragen, und Sie, statt dankbar zuzugreifen, laufen weg, es ist wahrhaftig nicht zu fassen. – Ja, es ist schwer zu fassen, Herr Clarin, speziell für spontane Naturen und andere Allzeitbereite, und andererseits ist es leicht zu verstehn und eigentlich leicht zu erklären. Ich gehöre ja, seit mir das Schicksal meine Frau genommen hat, der untersten Kaste an, der Kaste der

Unberührbaren. Es ist mir im Moment noch nicht ganz klar, wem ich mich anvertraue, ich kenne Sie kaum, Sie sind jung, und Sie sind anders, und Ihre Souveränität in Sachen Frauen erleichtert es Ihnen auch nicht gerade, mich zu verstehen, egal, egal, ich sage laut: Ich bin behindert!

Loos sagte das wirklich laut, und am Nebentisch wurde es leise. Ich sah, daß Loos' Hände, die übrigens nichts Fleischiges und Prankenhaftes hatten, sondern in ihrer Feinheit seltsam kontrastierten mit seiner schweren Statur, ein wenig zitterten. Ich wartete, bis die zwei Paare am Nebentisch ihre Gespräche fortsetzten, und sagte dann zu Loos, das Wort *behindert* klinge mir zu stark, es handle sich wohl eher um eine temporäre Verkrampfung. Nach dem Verlust seiner Frau scheine er die Erotik so unbarmherzig ausgesperrt zu haben, daß er sich jetzt, wenn sie ihn trotzdem streife, gefährdet fühle und verkrampfe. Das sei verständlich, aber schade, und zur Behinderung werde es dann, wenn er die Sperre aufrechterhalte aus falsch verstandener Treue. Ob er denn glaube, im Sinne der Verstorbenen zu handeln, wenn er sich sozusagen selbst entmanne, wenn er, womöglich bis ans Ende, ein Klosterbruderleben führe?

Es gebe Seelensachen, sagte Loos, die sich nicht steuern ließen, bekanntermaßen, es gebe innere Behinderungen, die willensunabhängig seien und also unerreichbar für Appelle, weshalb mein Rat, die Sperre abzubauen, zwar gut gemeint, doch sinnlos sei. Etwas in ihm sei für Erotik empfänglich, er sei ein sinnlicher Mensch, und etwas in ihm betreibe Sabotage, sobald er sich dem Feuer nähere. Irrtümlicherweise hätte ich dieses zweite Etwas als falsch verstandene Treue gedeutet, aber um Treue, auch nicht um richtig verstandene, handle es sich hier nicht. Denn Treue entspringe einem Willensakt, weshalb sie als moralisches Verdienst empfunden werde, er aber *wolle* die Sperre gar nicht und sei im übrigen nur darum auf sie aufmerksam geworden, weil er im letzten halben Jahr, wenn auch nur selten, durchaus bereit gewesen sei, das Terrain zu betreten.

Ich habe einen Freund, sagte ich, der glücklich verheiratet ist und der betont, es fehle ihm nichts, auch nicht im Bett. Und trotzdem läßt er sich immer wieder einmal mit anderen Frauen ein. Sein Begehren, erklärt er, sei nicht fokussierbar auf eine einzige Frau. Kurzum, er nimmt es mit der Treue nicht allzu genau, und er begleitet seine Seitensprünge mit großer Toleranz. So scheint es jedenfalls, so hat er es immer vermittelt, vor kurzem aber kam er zu mir, spätabends, angeheitert, elend. Er sagte, er grüble über eine Frage und komme zu keinem Ergebnis. Er bitte um meine Meinung sowie um Diskretion. Die Frage des Freundes lautete folgendermaßen: Das Glied, das außerhalb der Stamm-Beziehung trotz aller Lust sich nicht verhärten mag: was zeigt es an?

Ich weiß nicht, was Sie wollen, sagte Loos schroff, mein Hemmnis ist nicht leiblicher Natur, was kümmern mich die Nöte eines Seitenspringers? – Nun, sagte ich, sie könnten darauf verweisen, daß sich die Treue, entgegen Ihrer Auffassung, nicht einem Willensakt verdankt, sondern, wie soll ich sagen, einem unterirdischen Gängelband. So sehr sich Ihre Sperre von jener meines Freundes unterscheiden mag, ich deute beide als Folge eines inneren Machtworts, das auf Treue besteht. – Ist das nicht etwas trivial? fragte Loos. – Mag sein, antwortete ich, aber muß denn das Triviale falsch sein?

In diesem Augenblick piepste ein Handy. Loos schüttelte den Kopf und lief rot an. Ich befürchtete einen Wutausbruch. Er griff nach seiner Jacke, die über der Stuhllehne hing. Jetzt geht er, dachte ich. Er schob die Hand in eine der Außentaschen, das Piepsen verstummte. Entschuldigung, sagte er, ich habe vergessen, es auszuschalten. – Schon gut, sagte ich. – Wissen Sie, sagte er, man kann auch das ehrlich verfluchen, woran man selber teilnimmt, zum Beispiel das Leben, zum Wohl! – Ein Hoch auf die Inkonsequenz, sagte ich, sie erhält uns geschmeidig. – Sie raubt uns die Selbstachtung, aber ich sage zu meinen Gunsten: Ich habe das Ding geschenkt bekommen, und kaum jemand kennt meine Nummer. – Dann wissen Sie ja, wer Sie jetzt anrufen wollte. – So ungefähr, sagte Loos, aber zurück zu unserem Thema. Wissen Sie, meine Frau reiste ein- oder zweimal im Jahr nach England, um eine Freundin zu besuchen, die Tochter der Familie, bei der sie mit neunzehn Au-pair-Mädchen war. Da sie von diesen Besuchen nicht sonderlich viel erzählte, beschlich mich eines Tages ein mir sonst fremder Argwohn. Ich zwang meine Stimme zu einem humorigen Ton und fragte meine Frau, ob diese Freundin wirklich existiere oder am Ende ein Freund sei. Sie wurde sehr bleich. Sie schwieg so lange, bis ich vermutlich auch erbleichte, da ich glaubte, ins Schwarze getroffen zu haben. Wir hätten nie über Treue geredet, sagte sie schließlich, und deshalb habe sie angenommen, sie sei für uns selbstverständlich. Für sie jedenfalls sei Treue ein Bedürfnis, ein stiller Naturtrieb, so wenig anstrengend wie die Liebe selbst, und solange sie, die Liebe, bestehe, könne ich unbesorgt sein. Es scheint also eine Treue zu geben, die weder einem Willensakt entspringt, wie ich vorhin behauptet habe, noch einem unbewußten Machtwort, wie Sie behauptet haben. Und diese natürliche Treue habe ich damals als beruhigend empfunden, zu Unrecht, sie müßte uns in Angst versetzen.

Warum denn das? fragte ich. – Wie auch immer, fuhr Loos fort, es gab diese englische Freundin, sie starb im Juni des vorletzten Jahres, ihr Ende war grauenhaft und hätte auch das Ende meiner Frau sein können. Die beiden spazierten zusammen im Hyde Park, als unheimlich schnell ein Gewitter aufzog. Sie rannten auf eine Baumgruppe zu, um Schutz vor dem Regen zu suchen, wobei meine Frau eine Sandalette verlor. Sie ging ein paar Schritte zurück, bückte sich nach ihr und stellte fest, daß ein Riemchen gerissen war. Ihre Freundin hatte die Baumgruppe inzwischen erreicht, und während sie meiner Frau aus zirka vierzig Metern Entfernung zuwinkte, als wolle sie sie zur Eile antreiben, traf sie ein Blitz. Sie starb auf der Stelle und vor den Augen meiner Frau, die selber unverletzt blieb, äußerlich, aber zur

Abklärung ins Krankenhaus gefahren werden mußte, da ihre Beine sie nicht mehr tragen wollten. Sie rief mich am gleichen Abend noch an, ich verstand sie schwer, sie sprach, als würge sie jemand. Anderntags flog ich nach London und verbrachte drei Tage an ihrem Bett. Einen medizinischen Befund gab es nicht, man sprach von einer vorübergehenden, durch Schock verursachten Lähmung. Am zweiten Tag konnte sie weinen, sie weinte lange, zuerst krampfartig, dann immer gelöster, und am Morgen des dritten Tages, als ich in ihr Zimmer trat, saß sie auf einem Stuhl, stand auf und kam mir entgegen. Vor der Entlassung teilte ein Arzt uns schier Unglaubliches mit. Der Tod der Freundin war, wie sich ergeben hatte, durch die Metallbügel in ihrem BH verursacht worden, das Metall fungierte als tödlicher Leiter. Es handle sich seines Wissens, so der Arzt, um den zweiten auf diese Art verursachten und ihm bekannt gewordenen Todesfall. Auf meine Frage, was meiner Frau geschehen wäre, wenn sie im Augenblick des Einschlags dicht neben der Freundin gestanden hätte, sagte der Arzt, sie hätte kaum überlebt. Während der Taxifahrt zum Hotel hielt ich die Hand meiner abwesend wirkenden Frau. Was ist ein Leben noch wert, sagte sie plötzlich, das sich dem gerissenen Riemchen einer Sandalette verdankt. – Mehr als vorher vielleicht, sagte ich, verzichtete aber auf eine Begründung, da ich spürte, wie sie wieder in sich versank. Ja, so war das, sagte Loos, nur weiß ich jetzt leider nicht mehr, was mich dazu veranlaßt hat, von diesem Geschehnis zu reden.

Es sei, sagte ich, um seinen Zweifel gegangen, ob diese Freundin überhaupt existiere beziehungsweise um die Treue seiner Frau. Und dabei habe er wie nebenbei auch angedeutet, daß ihre Art von Treue ihm eigentlich hätte Angst machen müssen. Wie er das gemeint habe, sei mir allerdings unklar geblieben, es interessiere mich aber. – Loos sagte nach einigem Nachdenken, das Problem der natürlichen Treue, wie seine Frau sie verstanden habe – nämlich als etwas zwingend zur Liebe Gehörendes und sie, solange sie dauere, Begleitendes –, das Problem dieser Treue bestehe darin, daß sie in Wahrheit keine sei, auf jeden Fall nur eine virtuelle. Es sei wie mit dem Mut. Wer sich nie in Gefahr begebe, dessen Mut bleibe ungeprüft und unbewährt und also unverwirklicht. So auch die Treue, die, um real und wertvoll zu sein, der Versuchung bedürfe, oder noch besser: der vollzogenen Treulosigkeit. Ja, der im strengsten Sinn treue Mensch sei der untreu gewesene, der dem betroffenen Partner die Treue bewahre. Was allerdings, wie ich als Scheidungsanwalt ja wissen müsse, ebenso selten sei wie auf der anderen Seite das große, verzeihende Herz.

Ich fragte Loos, da er kurz innehielt und einen Schluck trank: Hätten Sie selbst es im Ernstfall gehabt? – Was? fragte er. – Das große Herz, sagte ich. – Sie verstehen wohl gar nichts, ich hätte, rein hypothetisch gesprochen, mein Herz gar nicht brauchen können. Wenn eine Frau mir sagt, sie sei mir treu, solange sie mich liebe, so müßte ich eine Untreue wohl oder übel als Zeichen erloschener Liebe deuten, und diese pfeift auf ein verzeihendes Herz, verstehen Sie? – Durchaus, sagte ich, und ich verstehe jetzt auch, warum die natürliche Treue, wie Sie sie nennen, eigentlich angst machen müßte. Hätten Sie lieber eine Frau gehabt, deren Treue durch eine Untreue erprobt worden wäre? – Sie war, wie sie war, Herr Clarin, und Sie müßten drei Leben haben, um eine Frau von solcher Wesensart zu finden, von solcher Feinheit, innerer und also äußerer. – Schön für Sie, sagte ich, daß Sie bereits in Ihrem ersten Leben fündig wurden. Unschön für mich, daß Sie so wenig von mir halten. – Ich habe nicht Sie persönlich gemeint, verzeihen Sie, sondern eher die Männer schlechthin, mich inbegriffen, ich selbst war nicht viel mehr als eine blinde Sau, obwohl ich den Vergleich nicht mag, da meine Frau mit etwas Edlerem verglichen werden müßte als nur mit einer Eichel. – Vielleicht mit einer Trüffel? fragte ich. – Das wäre schon besser, aber Schweine, soviel ich weiß, finden Trüffel problemlos mit ihrem Geruchssinn, auch wenn sie blind sind. Die Redensart, von der wir sprechen, verlöre also ihren Sinn, wenn wir die Eichel durch eine Trüffel ersetzten. Und überhaupt, ich nehme den Vergleich zurück, auch meinetwegen, denn schließlich, wenn ich das sagen darf, hat meine Frau mich ihrerseits nicht selten als Geschenk bezeichnet, und jetzt, was bin ich jetzt?

Obwohl ich Loos ansah, daß er die Frage nicht mir, sondern sich selber stellte, sagte ich, er sei vielleicht ein allzu fest verschnürtes und quasi herrenloses Paket, dem offenbar nichts daran liege, gefunden und ausgepackt zu werden. – Er habe doch, entgegnete Loos, vor zehn Minuten schon erwähnt, daß er im letzten halben Jahr gelegentlich bereit gewesen sei, sich etwas aufzuschnüren oder aufschnüren zu lassen. Zum Beispiel habe er, was mich erstaunen werde, auf ein Kontaktinserat reagiert. Es sei poetisch abgefaßt gewesen, wahrscheinlich sogar schmalzig, es sei darin von der samtenen Decke des Sternenhimmels die Rede gewesen, unter der sie, die Inserentin, einem reifen Mann zu begegnen hoffe. *Deine Penelope* – so sei die Anzeige unterschrieben gewesen, und das Pseudonym habe den Altphilologen in ihm so angesprochen und neugierig gemacht, daß es mit Hilfe einer Flasche Rotwein zu einem Antwortbrief gekommen sei, den er allerdings, um keine übertriebenen Erwartungen zu wecken, nicht mit *Odysseus* unterschrieben habe. Zwei, drei subtile Anspielungen auf den antiken Stoff habe er immerhin einfließen lassen. Nach wenigen Tagen habe die Frau sich gemeldet, telefonisch, ihre Stimme sei etwas ruppig gewesen, dafür habe sie, die Frau, zu seinem Erstaunen tatsächlich Penelope geheißen, allerdings Penelope Knödler, was ihm einen leichten Dämpfer versetzt habe, ebenso wie ihre Antwort auf seine Frage, woran er sie im Weinlokal, in dem sie sich verabredet hätten, erkennen könne. Sie habe nämlich gesagt, ihr besonderes Kennzeichen bestehe darin, daß sie nur ein Ohr auf der rechten Seite habe. Er habe beflissen gelacht, sie nahezu gellend. Aber er merke gerade, daß er zu ausführlich werde, er kürze jetzt ab. Man habe sich also getroffen, sie sei Mitte

Vierzig gewesen, Bürokauffrau und an und für sich attraktiv, nur habe sie leider die Unart gehabt, sich ständig selbst zu definieren, ständig zu sagen, was ihre Art sei und was nicht. Es sei nicht ihre Art, habe sie beispielsweise gesagt, Kontaktanzeigen aufzugeben, das habe sie nicht nötig, da es für sie ein leichtes wäre, in jeder beliebigen Bar einen Mann vom Tresen zu schälen, was aber nicht ihre Art sei. Kurzum, obwohl er, Loos, unter Penelopes Art ein wenig gelitten habe, sei er nicht abgeneigt gewesen, als sie ihn noch auf ein Gläschen zu sich nach Hause eingeladen habe. Er sei ein Ausnahmefall, habe sie gesagt, als sie ihre Wohnung betreten hätten, sie gehöre nicht zu den Frauen, die einen Mann schon nach dem ersten Rendezvous in ihre Wohnung mitnähmen. Die Tür zum Schlafzimmer sei offengestanden, er habe ein enormes Bett gesehen und darauf ein enormes Deckbett mit Sternenhimmelmuster. Er, Loos, kürze jetzt ab. Penelope sei irgendwann im Bad verschwunden und nach längerem Duschen duftend zurückgekommen. Sie habe nur noch ein Hemdchen getragen, ein getigertes Sleepshirt mit Seitenschlitzen, habe sich zu ihm aufs Sofa gesetzt, sich an ihn geschmiegt und gesagt, sie sei ein Mensch, der stets aus seinem Naturell heraus agiere. Dann habe sie ihn Kuschelbär genannt. Kuschelbär muß vorher auch noch duschen, habe sie ihm ins Ohr geflüstert, wörtlich, und statt sich sofort zu verabschieden, habe er sich, von ihren Händen leicht geschubst, ins Badezimmer dirigieren lassen, wo sie ihm einen giftgrünen, ihm völlig wesensfremden Waschlappen aufgedrängt habe. Sobald er allein gewesen sei, habe er sich nüchtern gefühlt, seine Willenskraft wiedererlangt und sich zum Aufbruch entschlossen. Erwartungsgemäß habe Penelope, als er aus dem Badezimmer gekommen sei, schon unter dem Sternenhimmel gelegen. Er sei an ihr Bett getreten und habe mit freundlichen Worten erklärt, daß er nicht bleiben möchte, daß es für sein Gefühl nicht stimmen würde. Sie habe wie ein Kleinkind zu wimmern angefangen und sich in ihn beziehungsweise in sein Hosenbein verkrallt. Und dann, nachdem er sich habe befreien können, was so sanft wie möglich geschehen sei, habe sie alle Fassung und allen Anstand verloren und unter anderem gesagt, an ihm sei ein zickiges Weib verlorengegangen. Am ordinärsten aber sei das letzte Wort gewesen, das er, schon unter der Wohnungstür, aus Penelopes Mund vernommen habe, nämlich: du rostiger Wichser. – So kläglich, ja brutal sei sein sondierender Vorstoß mißraten und sein Versuch, sich zu öffnen, gescheitert.

So Loos mit großem Ernst und trauriger Stimme. Aus Rücksicht darauf, ich wollte ihn nicht kränken, verbiß ich mir mehrmals das Lachen, erst ganz am Schluß verlor ich die Selbstkontrolle. Loos lachte nicht mit, schien aber auch nicht verletzt oder böse, er schaute mich nur verwundert an. Ich faßte mich rasch. Ich sagte, daß ich mich an seiner Stelle nicht zweimal hätte bitten lassen. Ich weiß, ich weiß, sagte er, wir gleichen uns kaum, auch wenn es immer heißt, wir Männer seien alle gleich in puncto puncti. – Vergessen Sie nicht, sagte ich, es sind die Frauen, die diese Ansicht vertreten, und die müßten es eigentlich wissen. – Die Frauen sind mit diesem Ammenmärchen aufgewachsen, sagte Loos, ich kenne Mütter, deren Männer durchaus nicht diesem Bild entsprechen und die den Töchtern trotzdem und wider besseres Wissen erzählen, daß Männer immer nur das eine wollen, und zwar so wahl- und umstandslos wie möglich. Fast könnte man unfeinerweise vermuten, das Bild vom Mann als geilem Bock sei für die Frau nur vordergründig ein Schreckbild. – Ob Schreckbild oder Wunschbild, abwegig ist es nicht, Herr Loos. Wissen Sie, wie oft ein Mann im Durchschnitt und pro Tag an Sex denkt? – Ich habe nie nachgezählt. – Sie vielleicht nicht, aber ein Forscherteam, und dieses kam auf zweihundertundsechs, da staunen Sie, nicht wahr? – Ja, sagte er, das wäre ein verstörender Befund, wenn es ein seriöser wäre. Wenn mir ein Forscherteam befehlen würde, einen Tag lang bei jedem Gedanken an Sex ein Kreuzchen in mein Notizbuch zu machen, so könnte ich nichts anderes mehr denken, und mein Notizbuch wäre schon am Mittag voll. – Ich gehe davon aus, sagte ich, daß die Versuchsanordnung nicht ganz so simpel war, doch wie auch immer, wie können Sie von Ammenmärchen sprechen, wo doch die große Mehrzahl der Männer Erfahrung mit käuflicher Liebe hat, in der es, wie man weiß, nur um das schnelle eine geht und sonst um nichts? – Im Unterschied zu Ihnen, sagte Loos, begreife ich den Sachverhalt nicht als Beleg für die natürliche Beschaffenheit des Mannes, das heißt für seine wahre Triebstruktur. – Als was denn sonst? – Als Zeichen erotischer Unkultur und sexueller Barbarei. In allen Lebensbereichen, so glaube ich, zeugt rasches Zur-Sache-Kommen und umstandsloser Vollzug von Verrohung. Allein das Zögern ist human. Ich wollte eigentlich sagen: Was Sie für ein Naturbedürfnis halten, sehe ich eher als Perversion, und was für die Hunde natürlich ist, braucht es nicht auch für den Menschen zu sein. – Wie kann man so blind sein, zumindest so naiv, sagte ich, darf ich Sie fragen, ob Sie sich schon einmal einen Pornofilm angeschaut haben? – Ja, sagte Loos, versehentlich, in einem Hotelzimmer bin ich einmal versehentlich auf einen Pay-TV-Kanal geraten. – Nun gut, sagte ich, Sie werden wissen, daß es sich hier um einen blühenden Wirtschaftszweig mit Milliardenumsätzen handelt, und Heerscharen von Männern schauen sich diese Filme an, und zwar aus dem einfachen Grund, weil sie ein Bedürfnis bedienen, weil sie zeigen, wonach ihnen selbst der Sinn steht und wovon ihre Triebe träumen, nämlich von einer direkten, schnellen, durch nichts gehemmten Befriedigung. Bestünde kein echter Wunsch danach und keinerlei Nachfrage nach solchen Filmen, so gäbe es auch das riesige Angebot nicht. Glauben Sie wirklich, daß all die Männer, die diese Sachen konsumieren, Perverse sind?

Loos schaute auf die Uhr, trank, zog an seiner Zigarette. Dann sagte er: Nicht das geringste spricht dagegen. Ich habe gestern abend schon erklärt – vergeblich allerdings, wie ich jetzt sehe –, daß das, was massenhaft gedacht und praktiziert wird, allmählich als normal, ja als natürlich gilt, auch wenn es noch so pathologisch, noch so verbogen oder primitiv ist. Ich möchte einen Satz zitieren, der mir im Kopf geblieben ist, weil mich, als ich ihn hörte, ein Grauen überkam. Er stammt aus dem erwähnten Hotelzimmerfilm, er stammt aus dem Mund einer Frau und ist oder war an ihren agierenden Partner gerichtet. Du fickst wie eine Maschine, hat sie ihm zugerufen, und sie hat es als anspornendes Lob gemeint. Wenn Männer oder Frauen wirklich *davon* träumen sollten, wenn sie sich wirklich wünschten, einander auf so rohe Weise abzufertigen – müßte man diese Träume und Wünsche dann nicht als pervers bezeichnen? – Sie sind ein Meister im Finden von Extrembeispielen, sagte ich. Mir ist es aber, wenn ich mich wiederholen darf, nur ums Prinzip gegangen. Der Trieb heißt Trieb, weil er uns dazu treibt, uns ohne Aufschub mit dem begehrten Objekt zu paaren. Und ohne Aufschub heißt auch: ohne moralische Bremse, ohne Hemmung, ohne Scham. Das ist ein purer Naturwunsch. Im Pornofilm setzt er sich triumphierend durch, und das macht ihn so reizvoll.

Einen Naturwunsch hätte ich auch, sagte Loos, mein Glas ist leer, bestellen wir noch einen? – Ohne Aufschub, sagte ich, nur wird es mit dem Fahren wieder kritisch werden. – Notfalls laufen wir wieder, sagte er. Und unvermittelt fuhr er fort: Als ich ein Jüngling war, bedurfte es nur einer braven BH-Reklame in einer Schwarzweiß-Illustrierten, um meine Ohren heiß zu machen und meine Phantasie zu nähren. Ich fragte nicht nach stärkeren Reizen und suchte nicht danach. Im Lauf der Jahre aber wurde immer mehr gezeigt. Freizügigere Darstellungen boten sich an, und natürlich schaute man hin, auch wenn man nicht nach diesem Angebot gerufen hatte. Und dann gewöhnte man sich an den Anblick, was die Empfänglichkeit für noch eindeutigere Kost bei vielen erhöhte. Und am Schluß steht der Porno als mutmaßlicher Maximalreiz. Und am Schluß der subtilen Bedürfnislenkung und Abrichtung von Auge und Geschmack behaupten die Anbieter dreist, sie ließen sich einzig von der Nachfrage der Kunden und deren authentischen Wünschen leiten. Auf gleich verlogene und kriminelle Art rechtfertigen die Boulevardzeitungsherren und die Fernsehbosse den ungeheuerlichen Schrott, mit dem sie die Massen füttern. Erst trimmt man die Geschmäcker auf das Abgeschmackte und fördert Tag für Tag die Einfalt, und dann beruft man sich auf sie und das Bedürfnis der angeblich mündigen Kundschaft, stimmt's oder habe ich recht?

Ich fürchte, weder noch, sagte ich. Der Streit um Huhn und Ei ist zwar wie immer spannend, wir werden ihn aber kaum beilegen können. Ich frage mich nur eins. Wenn der Mensch so form- und lenkbar ist, wie Sie ihn sehen, warum dann nur im Negativen, warum nur in Richtung des schlechten Geschmacks, der Anspruchslosigkeit, der Primitivität auf allen Ebenen? Wenn sich die Massen so leicht und gerne prägen lassen, so könnte man sie doch auch dazu bringen, den Schrott als Schrott zu empfinden und empfänglich zu werden für edlere Kost. Und diese zu verbreiten wäre dann, da massenhaft gewünscht, genauso profitabel. Natürlich wird das alles nie geschehen, es bleibt dabei: je primitiver die Zeitung, desto höher die Auflage, je doofer die Sendung, desto höher die Quote. Es fragt sich nur, warum das so ist, und Ihre Antwort darauf, entschuldigen Sie, kann mich nicht überzeugen. – Mich auch nicht ganz, sagte Loos, und doch ist sie immer noch besser als Ihre, auf jeden Fall netter. Für Sie kommt der Mensch schon bescheuert zur Welt, zumindest aber mit dem instinktiven Hang, das Bescheuerte vorzuziehen. Als Pädagoge kann ich mir diese Ansicht nicht leisten, nicht vor der Pensionierung. Ich korrigiere mich: Es geht nicht darum, daß ich mir diese Ansicht nicht leisten könnte, ich hätte aufgrund meiner Erfahrung auch wenig Recht, sie zu vertreten. In der Schule nämlich kann ich mitunter erleben, daß es sehr wohl den Willen gibt, sich schlauer zu machen, daß es Interesse gibt für Neues und Anspruchvolles. Die Lust am Denken und Erkennen ist vorhanden, wenn auch nicht unbedingt stündlich. Ich rede von den Schülern, wohlverstanden, und weniger vom Rest. – Ich nehme an, der Rest ist das Kollegium? – Loos nickte und schwieg eine Weile.

Er sei ja blutjung in den Schuldienst eingestiegen, sagte er dann, und die älteren und alten Kollegen von damals seien inzwischen zum Teil schon gestorben, zum Teil in Pflegeheimen und anderen Anstalten untergebracht, wo sie alzheimerkrank oder hirnschlaggeschädigt vor sich hin vegetierten, vermutlich in Windeln gewickelt, und dabei hätten sich diese

Kollegen, von wenigen Ausnahmen abgesehen, vor kurzem noch, wie ihm vorkomme, herrgöttlich aufgespielt und schneidend artikuliert in den endlosen Konferenzen, in denen es unter anderem um die Versetzung oder Nichtversetzung gefährdeter Schüler gegangen sei beziehungsweise um die Überprüfung ihrer Noten. Meine Note muß bleiben! hätten die meisten der angesprochenen Lehrer mehr gebrüllt als gesagt und ihre Noten bis auf drei Stellen nach dem Komma zu Protokoll gegeben und deshalb als extrem exakt und unumstößlich empfunden. Und all diese Engstirnlinge, diese Schicksal spielenden und Lebensläufe dirigierenden Richter dämmerten jetzt, sofern sie noch lebten, debil vor sich hin, so wie die mächtigen Politiker und die anderen Scharfmacher und Schreihälse von einst heute entweder tot seien oder umfassend verlottert. Mit eigenen Augen habe er selbst, Loos, vor kurzem etwas Schauriges gesehen, und zwar im langen Flur des Pflegeheims, in dem auch seine Mutter wohne. Ein Männlein sei ihm entgegengekommen, täppelnd, und habe einen Föhrenzapfen, befestigt an einer Dreimeterschnur, hinter sich hergezogen, und dieser Greis sei in der Tat kein anderer gewesen als sein einstiger Englischlehrer, ein launischer und ekelhafter Hund, den alle gehaßt und gefürchtet hätten. Kurzum, für die Opfer dieser Menschen und Machtinhaber und Schandtäter müßte es eigentlich ein Trost und eine Genugtuung sein, deren Tod oder Verblödung zur Kenntnis zu nehmen, aber die Schürfungen heilten deswegen nicht rascher. Im übrigen sei er selbst, Loos, durchaus nicht ohne

Schuld, auch er habe Schüler mitunter gekränkt und werde nie allen gerecht, aber da seinen Vergehen die Vorsätzlichkeit fehle, würden sich seine dereinst ehemaligen Schülerinnen und Schüler, wenn sie ihn auf der Straße träfen, vielleicht zufriedengeben mit seiner tropfenden Nase und seinem Hörapparätchen und ihn nicht härter bestraft sehen wollen. Jetzt aber, Herr Clarin, bemerke ich einmal mehr, wie sprunghaft und zuchtlos ich rede, schon wieder bin ich abgedriftet, zum Beispiel von Penelope, zu der ich noch ein Wörtchen nachzutragen hätte.

Natürlich vermuten Sie, ich sei vor ihr geflohen, weil der Geist meiner Frau es so wollte, vielleicht auch, weil Sie mich für triebschwach halten. Ich glaube, beides trifft nicht zu, das letztere allenfalls dann, wenn Sie den Trieb, der etwas mehr benötigt als einen duftenden Leib, als schwach bezeichnen möchten. Um dieses Mehr ist es gegangen, es hat gefehlt, sein Fehlen hätte den Beischlaf, obwohl Penelope ihn begrüßt haben würde, zur Schändung gemacht, ich meine, zur mechanischen Verrichtung. Ich weiß, man kann einander einvernehmlich und in Ermangelung verbindender Gefühle auf das Geschlecht reduzieren, nur bringt das mehr Tristesse als Wonne. Also, ich hätte mich vergangen, auch an mir, wenn ich Penelopes Appell, mich zu ihr unter das gestirnte Deckbett zu gesellen, beherzigt hätte. Verstehen Sie mich recht, ich habe Lust dazu gehabt, doch neben dieser Lust empfand ich eben auch anderes, das sich als stärker und darum als handlungsbestimmend erwies, und zwar das Gefühl der fehlenden Gemeinsamkeit, der unstimmigen Seelenchemie, und so weiter und so fort, ich veräble Ihnen Ihr Nicken, es verstärkt meine Redseligkeit, ich gehe schnell auf mein Zimmer.

Ich war froh um die Pause, froh, für Minuten befreit zu sein von der bedrängenden Präsenz dieses Mannes. Aber nicht eine Sekunde wünschte ich mir, er möge oben bleiben und mich sitzenlassen. Ich fragte mich, ob mein Interesse für andere Menschen in Wahrheit immer lau gewesen sei, oder, gemessen am Übermaß des Interesses, das Loos in mir erregte, nur lau *erscheine.* Ich wußte es nicht. Ich fragte mich, wie seine Frau es ausgehalten hatte mit diesem in jeder Hinsicht schweren Mann. Ich versuchte, mich nichts mehr zu fragen und mich zu entspannen. Als Loos nach zehn Minuten noch immer nicht zurück war, bemerkte ich, daß meine Finger unruhig wurden, als sei ich auf Entzug. Loos nahm sich das Recht, mich warten zu lassen. Ich beschimpfte ihn innerlich als schwadronierenden Halbgreis. Es war jetzt fünf nach zehn. Wenn er in drei Minuten nicht zurück ist, fahre ich los. Nach Ablauf dieser Frist gab ich ihm nochmals drei Minuten. Er kam kurz vor halb elf, ich fühlte mich erleichtert.

Er setzte sich und sagte: Alles im Nebel, die Lichter drüben nicht sichtbar. Wie blind bin ich am Fenster gestanden, und die Vergeblichkeit des Ausschauhaltens hat mir zur Einsicht verholfen, daß der Gedenkende auf Augen gar nicht angewiesen ist. Auch eine schlichte Erkenntnis läßt sich gelegentlich Zeit, bis sie uns zufällt, nicht wahr? Im übrigen stimmt es natürlich nicht, daß es Ihr Nicken ist, das mich zum Reden verleitet, Sie nicken ja eigentlich selten. Ich glaube, ich habe schon irgendwann angedeutet, wie sich die Sache verhält: Ich habe mit meiner Frau auch meine Sprache verloren, zumindest die Geselligkeit, zu der sie gehört, die Sprache, und in der sie die Hauptrolle spielt. Ich habe mich zurückgezogen, auch von Freunden, und rede praktisch nichts mehr, schon gar nichts Privates. Meine Stimmbänder wären verschimmelt, wenn ich die Schule nicht hätte, die mich zum Sprechen zwingt. Als Sie sich gestern abend zu mir setzten, verzeihen Sie, hatte ich Angst, daß Sie mich ansprechen könnten, so große sogar, daß ich mir eine Tarnkappe wünschte, um Ihnen zu entgehen und nicht mit Ihnen reden zu müssen. Sie aber sind ein Vogelfänger, ein tüchtiger obendrein, Sie haben mich aus dem Busch gelockt, mich gefangengenommen und so gefügig gemacht, daß ich sogar zu zwitschern begann, so zwanghaft eifrig wie ein Vogel, der einen Winter lang geschwiegen hat. Soviel zur Erklärung meines Mitteilungsdrangs, ich bitte um Nachsicht.

Ich muß um Nachsicht bitten, sagte ich, ich habe mich Ihnen aufgedrängt und Ihre Kreise gestört. Es fällt mir sehr leicht, Kontakte zu knüpfen, und als extravertierter Mensch laufe ich offenbar manchmal Gefahr, nicht zu merken, daß andere anders sind. Ich fühle mich wohl unter Leuten und bin ungern allein, für mich ist Menschenscheu ein Fremdwort. Wie es sich ohne Umgang lebt und leben läßt, ist mir ein Rätsel. Gut, Sie haben zum Glück noch die Schule, was aber geschieht in der Freizeit? Was tun Sie in den Ferien? Reisen Sie wenigstens manchmal? – Ich halte es mit Ovid, sagte Loos, bene qui latuit, bene vixit. – Das müßten Sie mir übersetzen, sagte ich, ich verstehe leider nur ›bene‹, Latein war nicht meine Stärke. – Wer gut verborgen war, hat gut gelebt, sagte Loos, aber von solcherlei Wahrheit ahnt das Rudeltier nichts. Im übrigen, so arg allein bin ich nun auch wieder nicht, ich bin ja innerlich vereint, aber lassen wir das. Also, was tue ich in meiner Freizeit? Sie werden staunen, ich tue das, was mir vorschwebt seit meiner Geburt, nämlich nichts. Das gelingt mir natürlich nicht immer, aber ich übe und übe und bin auf dem Weg. Der Klügere gibt nach, sage ich mir und überlasse es den Tätigen, sich gegen die Schwerkraft zu stemmen. – Wie sieht das Nichtstun denn aus, konkret, und wie kann man sich darin üben? fragte ich Loos. – Nun, sagte er, üben heißt hier wie überall: etwas immer von neuem versuchen, bis es gelingt. Nehmen Sie an, Sie liegen auf dem Sofa, am Samstagmittag, und setzen sich das Lernziel, zwei Stunden lang liegen zu bleiben, ruhig, aber ohne zu schlafen. Sie hören, wie eine Nachbarin staubsaugt oder jemand den Rasen mäht. Statt jetzt an Dinge zu denken, die zu erledigen wären, sollten Sie nur die Spinne betrachten, die reglos an der Zimmerdecke sitzt, und dabei keinesfalls dem Wunsch nachgeben, sie aus dem Weg zu räumen. Jetzt läutet Ihr Telefon. Als Anfänger springen Sie auf und greifen zum Hörer. Das wäre nur dann bedenklich, wenn Sie aus Ihrem Versagen nichts lernten. Gehen Sie in sich, üben Sie weiter, bis Sie die Freiheit erlangen, auf Außenreize, die Sie zu einem Tun verleiten wollen, nicht mehr zu reagieren.

Ich verstehe, sagte ich, aber wozu das alles, was ist der Sinn der Übung? – Vielleicht, sagte Loos, erfahren Sie zwei Stunden lang, wie es sich anfühlt, kein Sklave zu sein, wie friedlich es in Ihnen wird, wenn Sie das Dauergefühl, etwas zu müssen, für eine Weile verlieren. – Jedem das Seine, antwortete ich, mir ist es wohler, wenn ich tätig bin, selbst dann, wenn hinter meiner Tätigkeit ein Müssen steht und nicht das eigene Wollen. – Ja ja, sagte Loos, sich regen bringt Segen, das sagt auch der Volksmund, das habe ich mir auch gesagt, nein eingehämmert, um mich zu überreden, nach Zakynthos zu fliegen. Sie haben mich ja nach etwaigen Reisen gefragt, nicht wahr, ich habe eine unternommen, acht Tage Zakynthos im September vergangenen Jahres, und die Vollmundigkeit des Volksmunds hat sich dabei als himmelschreiend erwiesen. Mein Urlaub war scheiße. Ich verwende das Wort bewußt, es ist das einzige vulgäre Wort, das ich je aus dem Mund meiner Frau vernahm, und auch das nur ein einziges Mal. Sie fluchte nämlich nie, sie brauchte fast nie Kraftausdrücke, es wäre aber falsch, wenn Sie jetzt denken würden, sie sei brav oder bieder gewesen, sie war nur fein, und klänge es nicht so madonnig, so würde ich sagen: rein. Sie stand eines Morgens vor dem Schlafzimmerspiegel, nackt, und meinte wahrscheinlich, die Tür zur Stube, in der ich saß, sei zu, ich könne sie nicht hören. Bekanntermaßen gibt es am weiblichen Körper bestimmte Zonen, die als Problemzonen gelten, weil sie für Fettablagerungen besonders anfällig sind. Auch meine Frau war da und dort ein bißchen fülliger als früher, und diese Zonen lehnte sie ab, während ich ihnen zugetan war. Das glaubte sie mir nicht, obwohl ich es ihr zu vermitteln versuchte. Es war ihr unangenehm, an einer solchen Stelle berührt zu werden, sie zuckte förmlich zurück, kurzum, sie stand eines Morgens vor dem Schlafzimmerspiegel und sagte ziemlich laut: Ich sehe scheiße aus.

Loos blickte über mich hinweg, abwesend, als lausche er diesem Sätzchen nach.

Als er wieder anwesend schien – ich sah es daran, daß er sein Taschentuch herausnahm, um ein paar kleine Schweißrinnsale abzutupfen, die Richtung Augenbrauen krochen –, erinnerte ich ihn an Zakynthos und fragte ihn, warum sein dortiger Urlaub nicht erfreulich gewesen sei. – Das Beschwerliche, sagte er, habe schon während des Hinflugs begonnen, da ihn die Dame, die neben ihm gesessen sei, mit Intimitäten behelligt habe. Sie sei vor kurzem geschieden worden, nach einundzwanzig Ehejahren, habe sie ihm erzählt, und jetzt sei sie daran, das Loslassen zu lernen und am Erlebten innerlich zu wachsen. Et cetera. Ob er nicht auch der Meinung sei, daß jedes Ende zugleich Neuanfang bedeute und dementsprechend auch die Chance berge, zu neuen Horizonten oder Menschen vorzustoßen. Et cetera. Er, Loos, habe so wenig wie möglich gesagt, in der Hoffnung, ihren Schwall zum Versiegen zu bringen, was aber nicht geglückt sei. Es gebe Leute, die kein

Distanzgefühl hätten, kein inneres und manchmal nicht einmal ein äußeres. Wenn man mit letzteren im Stehen rede, träten sie immer näher, und sobald man mit einem Rückwärtsschritt den nötigen Abstand von zirka fünfzig Zentimetern zurückerobert habe, verkürzten sie ihn durch einen Schritt nach vorne wieder auf unerträgliche zwanzig. Er habe einen Kollegen, der ihn auf diese Weise bei jedem Gespräch mehrere Meter rückwärts durchs Lehrerzimmer treibe. Doch wie auch immer, nach der Ankunft in Zakynthos habe er die Frau aus den Augen verloren und sei erschöpft ins Taxi gestiegen, das ihn im Auftrag des Hotels abgeholt habe. Es fehle noch eine zweite Person, die im gleichen Hotel logiere, habe der Fahrer gesagt. Nach längerem Warten sei eine dürre Dame eingestiegen und habe ihm neue Leiden bereitet, indem sie schon kurz nach der Abfahrt intim geworden sei und von ihrer Scheidung zu erzählen begonnen habe. Er sei jetzt fast sicher gewesen, daß ihm sein Reisebüro verschwiegen habe, welche Zielgruppe nach Zakynthos reise. Mit zwei oder drei Fußoperationen habe die Dame ihn auch noch gequält sowie mit dem Umstand vertraut gemacht, daß sie bis zur kürzlichen Frühpensionierung Kripobeamtin gewesen sei. Im Hotel angekommen, habe es Ärger gegeben. Er habe ein Doppelzimmer mit Balkon und Meersicht gebucht gehabt, wohlwissend, in was für wandschrankgroße Dunkelzellen man Einzelreisende zu stecken pflege. So eine habe man ihm jetzt wahrhaftig zugewiesen, und nur dank stärkster Gegenwehr sei ihm am Ende Recht widerfahren. Er habe dann das Dorf erkundet, laut Reise-katalog ein stilles Fischerdorf, in Wirklichkeit nur eine lange, laute Straße mit ungezählten Tavernen, Discos und Bars. Am Abend sei er auf dem Doppel-bett gesessen und habe sich gefragt, warum er hier sei. Er habe sein Hiersein als unnötig empfunden und zugleich gemerkt, daß ihn die Unnötigkeit des Daheimseins hierhergetrieben habe. Nachts hätten stundenlang Hunde gejault, und am Morgen, als er gefrühstückt habe, sei plötzlich die Kripobeamtin vor ihm gestanden, habe hallo geschrien und sich schwatzend an seinen Tisch gesetzt. Der Horror habe sich am Abend wiederholt. Er sei in einer der hundert Tavernen gesessen, im Freien natürlich und erstmals entspannt, wenn auch ein wenig gestört von der ewigen Sorbas-Musik und den Bodylotiongerü-chen der mehrheitlich stummen Paare um ihn her-um. Als er sie kommen gesehen habe, die Kripo-beamtin, habe er seine Serviette fallen lassen und sei unter den Tisch getaucht, um sich zu verstecken, doch sei sie, die Beamtin, bereits vor ihm gestanden, als er aufgetaucht sei. Wenigstens habe sie diesmal gefragt, ob sie sich zu ihm setzen dürfe. Statt *nein* zu sagen, habe er *bitte* gesagt und dabei seine Eltern gehaßt, denn nichts sei schwerer abzuschütteln als Wohlerzogenheit.

Loos trank, fixierte mich dabei und fragte, ob mich sein Zeug überhaupt interessiere und ob ich, falls nein, den Mut hätte, es zu sagen. Ich antwortete wahrheitsgemäß, es interessiere mich, er solle sich keine Sorgen machen und ruhig weitererzählen. –

Gut, sagte Loos, ich will mich trotzdem bemühen, mich nicht zu verlieren. Ich sage nur, damit es nicht so aussieht, als sei ich ein Misogyn, daß die Berner Beamtin nicht einfach unansehnlich war, sondern auch frei von Feinfühligkeit. Ihre Sprache war grob, ihre Stimme war laut, ihr Reden Geschwätz. Was mich ein Stückweit entschädigt hätte, nämlich einen fesselnden Kriminalfall erzählt zu bekommen, blieb aus. Auf meine diesbezügliche Frage sagte sie nur, sie sei im Innendienst tätig gewesen und weniger an der Front. Instinkt schien sie trotzdem zu haben, denn es gelang ihr in den nächsten Tagen, mich praktisch überall aufzuspüren. Wenn ich am Strand einen Liegestuhl fand, der links und rechts und vorn und hinten von besetzten Stühlen umgeben war, dann fühlte ich mich zwar beengt, aber wenigstens abgeschirmt. So blieb ich manchmal unentdeckt, doch gelassen genießen konnte ich nicht. Ich saß nur auf dem Stuhl und scharrte von Zeit zu Zeit mit den Füßen im Sand, und meine trostlose Stimmung hellte sich einzig bei der Vorstellung auf, daß sämtliche Leiber um mich herum eines Tages zu Staub werden würden. Ich zog mich mehr und mehr auf mein Zimmer zurück beziehungsweise auf den Balkon, aber es zeigte sich rasch, daß der Balkon nicht wirklich benutzbar war. Saß ich am Nachmittag dort, so sah ich vor und unterhalb von mir – Distanz kaum zwanzig Meter – diverse Oben-ohne-Frauen im Sand, teils liegend, teils sitzend, und manchmal schaute eine zu mir hoch, stieß eine andere an, die ebenfalls hochschaute, und unschwer konnte ich ihrem Kichern entnehmen, wofür sie mich hielten. Der Balkon fiel also aus, und nicht einmal spätabends war es mir vergönnt, in Ruhe dort zu sitzen und einen Ouzo zu trinken, denn auf dem Nachbarbalkon spielten zwei deutsche Paare ein Spiel, ich glaube ein Kartenspiel, bei dem man ständig mau oder maumau sagen zu müssen schien, es wurde stundenlang mau oder maumau gesagt und geschrien. Der Urlaub zehrte an mir, ich gehe davon aus, daß der Traum, den ich in der Nacht vor der Abreise hatte und von dem mir nur noch das Hauptbild erinnerlich ist, die Bilanz meiner Zakynthos-Tage symbolisch hat ausdrücken wollen. In diesem Traum sah ich mich selbst in grotesker Gestalt, und zwar als abgenagten Knochen. Nicht als Skelett, wohlverstanden, sondern als Knochen aus einem Stück, der unten zwei Höcker hatte, auf denen er notdürftig hüpfen konnte, aber nur rückwärts. Kurios, nicht wahr? Ausgerechnet ich als eher massiger Mann muß mich als Knochen sehen. Vielleicht hat mir das Traumbild auch einfach sagen wollen, daß ich mit meiner Fresserei aufhören sollte. Sie müssen wissen, ich habe in den ersten zwölf Wochen nach dem Verlust meiner Frau zirka acht Kilogramm zugenommen. Ich habe keinen Wein mehr trinken mögen, statt dessen habe ich mich exzessiv befressen und bin schwerer als nötig geworden. Ich schäme mich ein wenig, von dieser Sucht zu reden, auch darum, weil es ja heißt, daß dumme Menschen fressen und gescheite trinken. Erinnern Sie sich an das Gewitter?

An das Gewitter von gestern nacht? Aber natürlich, wie kommen Sie jetzt darauf? – Verzeihung, sagte Loos, ich meine das Gewitter im Hyde Park, ich meine den Todesblitz, ich wollte sagen, daß sich meine Frau nach diesem schweren Schlag verändert hat, und eines der Zeichen dafür bestand im Essen süßer Sachen. Sie tat es heimlich und in erheblichen Mengen, ich kam durch Zufall dahinter. Im Wissen um meine Zuneigung für Qualitätsbleistifte hatte mir meine Frau einen Bleistiftspitzer aus Messing geschenkt, und eines Tages, ich stand gebückt über dem Kehrichtsack in der Küche und war im Begriff, einen Bleistift zu spitzen, fiel mir der Spitzer aus der Hand. Er verschwand so spurlos im Kehricht, daß ich den Sack ausräumen und umfüllen mußte, wobei mir die große Anzahl von zerknüllten Schokoladepapieren auffiel. Irgendwie rührte mich diese Entdeckung, und irgendwie tat es mir weh, meine Frau auf so heimlichen Wegen gehen zu sehn. Sie mußte doch wissen, daß ich ihr mehr an Süßem gönnte, als sie je essen konnte. Natürlich sagte ich nichts, ich wollte keinesfalls, daß sie sich schämte wie ein Kind, das beim Naschen ertappt wird. Auch einen Zettel, auf den ich beim Stochern gestoßen war, erwähnte ich nicht, obwohl ich gern mehr gewußt hätte über den Sinn des Satzes, den sie in flüchtiger Handschrift darauf geschrieben hatte: *Ich will keinen Himmel, der an der Fensterscheibe kleben bleibt.* Ein seltsames Bild, nicht wahr? Meine Frau hat sich also ein wenig verändert nach dem Unglück im Hyde Park, und am verständlichsten für mich war der Umstand, daß sie, die mit Gewittern früher nie Probleme hatte, jetzt schon bei fernem Donnern oder Wetterleuchten zu schwitzen und zu zittern begann. Und leider war es nicht möglich, sie zu beruhigen, sie in die Arme zu nehmen, sie ängstigte sich in den Momenten der Angst auch vor jeder Berührung, so daß es für mich fast so aussah, als nähme sie mich als Teil des Bedrohlichen wahr. Nachträglich schämte sie sich, nachträglich ließ sie sich trösten. Und einmal erzählte sie mir, daß sie mit ihrer Mutter, die im fünften Stock eines Wohnblocks lebte, nicht mehr im Aufzug fahren könne, ohne von Angst vor der Nähe der Mutter befallen zu werden. Gewisse Eigenheiten und Empfindlichkeiten meiner Frau sind allerdings schon immer vorhanden gewesen und nach dem Erlebnis in London nur deutlicher in Erscheinung getreten. Ihr Körper war ja, müssen Sie wissen, eine einzige Wünschelrute, die auf Störquellen aller Art aufs empfindlichste reagierte. Wir haben in den ersten Ehejahren zweimal die Wohnung im Einzugsgebiet von Zürich gewechselt und in jeder mehrmals den Standort des Bettes, weil meine Frau sich einmal durch Wasseradern, einmal durch niederfrequente magnetische Felder beeinträchtigt fühlte. Auch Föhn und Vollmond setzten ihr zu. Trotz alledem, Sie hätten ein falsches Bild, wenn Sie meine Frau für krank halten würden, für wehleidig oder nervenschwach. Feinnervig ist sie gewesen, nicht nervenschwach, und daß sie nicht wehleidig war, hat sie später, als sie wirklich erkrankte und mit dem Schlimmsten rechnen mußte, weiß Gott zur Genüge bewiesen. Mein Gedächtnis läßt mich im Stich, habe ich gestern schon davon erzählt, ich meine von dieser Erkrankung?

Sie haben von einem Tumor gesprochen, aber nur andeutungsweise, Sie sagten auch, daß dieser Tumor mit Erfolg operiert worden sei und daß die blonden Haare Ihrer Frau, die man des Eingriffs wegen abgeschnitten habe, rasch nachgewachsen seien. – Alle Achtung, sagte Loos, Sie wären ein begnadeter Lügner. – Wie kommen Sie denn darauf? Ich weiß nicht, was Sie meinen. – Nur ein Scherz, sagte Loos, nur eine Anspielung auf Quintilian, der meint, daß Lügner angewiesen seien auf ein vorzügliches Gedächtnis. Kurz und gut, etwa zehn Monate nach dem Ereignis im Hyde Park begann meine Frau unter nächtlichem Kopfschmerz zu leiden. Und manchmal, noch vor dem Frühstück, mußte sie sich erbrechen. Ich nahm nur letzteres ernst, ich insistierte auf einem Schwangerschaftstest und hoffte auf ein Kind. Aber damit war nichts, die späte Erfüllung unseres Wunsches blieb uns versagt. Eines Morgens sagte meine Frau zu mir, sie sehe mich verzerrt. Ich meldete sie sofort krank bei ihrem Arbeitgeber, trotz ihres Widerstands. Sie war ja, wahrscheinlich habe ich es schon erwähnt, in einem Juwelierbetrieb tätig, in einer Schmuckmanufaktur, wo sie als Sachbearbeiterin den Trauring-Bereich betreute. Dies nebenbei. Als dann in ihrer linken Körperhälfte noch Taubheitsgefühle auftraten, ging meine Frau zum Arzt. Er veranlaßte sofortige Klärung. Die Diagnose kam rasch und mit ihr mein Entsetzen. Astrocytom. Eine Geschwulst aus den sternförmigen Stützzellen des

Hirns. Meine Frau blieb gespenstisch gelassen, so daß ich glaubte, sie unterschätze die Gefahr, in der sie schwebte. Sie ließ einen Klavierstimmer kommen, als sei das jetzt das Dringlichste. Ein junger Blonder kam und stimmte ihr Klavier, auf dem sie kaum je spielte. Zwei Tage später, als ich aus der Schule kam – meine Frau war noch beim Arzt –, hörte ich den Anrufbeantworter ab, hörte die Stimme des jungen Blonden, Rossi hieß er, der Folgendes sagte: Frau Loos, ich möchte Ihre Beine küssen. – Mehr sagte er nicht, und ich war ziemlich betreten, allerdings auch besorgt. Der Bengel mußte im Verhalten meiner Frau etwas gewittert haben, das ihn zu seiner Kühnheit animierte. Dabei war meine Frau, was ihr Benehmen anderen Männern gegenüber anging, extrem verhalten, abweisend fast, nie habe ich bemerken können, daß sie, so wie die meisten Frauen, mit subtilen Signalen spielte. Ich war also besorgt, weil ich einmal gelesen hatte, daß Hirntumore auch zu Persönlichkeitsveränderungen führen können, und eine solche schien hier vorzuliegen, falls meine Frau dem jungen Mann tatsächlich ein Zeichen der Ermunterung gegeben haben sollte. Ich sagte zu ihr, als sie nach Hause kam, auf dem Anrufbeantworter befinde sich eine Nachricht für sie. Sie hörte sie ab und lachte laut und herzlich. Ob sie denn gar nicht schockiert sei, ob man den Burschen nicht in den Senkel stellen sollte, fragte ich. Ach wo, sagte sie, weißt du, ich hätte seine Annäherung vor kurzem noch als unverschämt empfunden, jetzt aber erscheint sie mir harmlos und herzig, ja sogar lustig.

Das Magnetresonanzbild meines Gehirns zwingt mich dazu, an mein baldiges Ende zu denken. Und sonderbarerweise kommt mir alles, fast alles, was ich jetzt zu diesem Ende in Beziehung setze und von ihm her zu sehen versuche, irgendwie lustig vor, verstehst du, es verliert an Gewicht. – Als ich meiner Frau zu erkennen gab, daß ich wisse, was sie meine, sagte sie etwas, was ich nicht verstand und auch heute noch nicht verstehe. Sie habe sich, sagte sie, oft vergeblich gewünscht, von mir nicht immer verstanden zu werden. Ich bat sie darum, den Satz zu erläutern, sie lehnte ab. Kurzum, ich wollte eigentlich nur sagen, daß meine Frau, entgegen meiner Vermutung, den Ernst ihrer Lage durchaus nicht verkannte. Und doch ist sie heiter geblieben, während ich selbst fast verrückt geworden bin vor Angst und Sorge und Ohnmacht. Sie tröstete mich statt umgekehrt. Sie erzählte zum Beispiel, sie habe vor längerem eine Radiosendung gehört, in der es um ein altes Volk gegangen sei, um dessen sonderbaren Brauch, die Neugeborenen wehklagend willkommen zu heißen und alle Übel aufzuzählen, die auf sie warteten. Die Toten aber habe dieses Volk mit Freude und unter Scherzen bestattet, weil sie den Leiden des Lebens endlich entronnen seien. Ob mir diese Sitte nicht auch gefalle, fragte mich meine Frau. Ich verschwieg, daß mir die Sitte der Thraker bekannt war, und sagte: Irgendwie schon, trotzdem macht mich die Vorstellung von Freudentänzen um mein Grab herum ein bißchen melancholisch. – Mich nicht, sagte sie, mich würde es freuen, dich tanzen zu sehen. – Du wirst es erleben, sagte ich zu ihr, sobald du geheilt bist, werde ich tanzen. – Mit mir? fragte sie. Mit dir, sagte ich.

Wir haben dann doch nicht getanzt, sagte Loos, wir haben nur einmal miteinander getanzt, an unserer Hochzeitsfeier, dann aber nie mehr. Ich habe mit siebzehn einen Tanzkurs besucht, am ersten Abend hat ein Mädchen, das nach Lavendelseife roch, zu mir gesagt, ich solle nicht so hopsen. Am Schluß des dritten Abends war sogenannte Damenwahl, ich wartete umsonst darauf, gewählt zu werden, und blieb als überschüssig sitzen. Ich kam mir vor wie ein verkrüppeltes Kalb auf dem Viehmarkt, für mich stand außer Frage, daß ich nie eine Freundin finden würde, geschweige denn eine Frau. Den Tanzkurs habe ich abgebrochen, ich habe nie mehr getanzt bis zur Hochzeit, und auch da nur ganz kurz und gleichsam selbstironisch. Sie könne jederzeit tanzen gehn, wenn ihr der Sinn danach stehe, habe ich später noch manchmal gesagt, und sie hat immer erklärt, das Tanzen bedeute ihr nichts. Und dabei hatte ich, als ich sie kennenlernte, sogar geglaubt, sie sei womöglich eine Ballerina, so nämlich hat sie ausgesehen mit ihrer grazilen Figur. Eine Ballerina mit Hund, die mir auf einem Feldweg entgegenkam. Ich ausnahmsweise auch mit Hund, mit dem Dackel meiner Vermieterin, die mich gebeten hatte, zwei Tage lang für ihn zu sorgen, da sie ins Elsaß fahren wollte. Der Hund war eine Hündin, hieß Lara und war läufig. Deswegen gab mir die Vermieterin auch einen speziellen Abschreckspray sowie die Anweisung, die hintere Partie von Lara vor jedem Ausgang einzunebeln. Dies schien mir sowohl übertrieben als auch unsympathisch, ich unterließ es also, und diese Unterlassung hat sich als schicksalhaft erwiesen. Es war ein heller Abend im März, Lara trottete vor mir her, ich hatte sie von der Leine befreit. Da also kam mir eine junge Frau mit einem Labrador entgegen. Als uns noch etwa zwanzig Meter trennten, blieb Lara stehn. Der Labrador, an der Leine geführt, blieb ebenfalls stehn. Und dann ging alles sehr schnell. Mit einem Ruck riß sich der Labrador los und stürmte auf Lara zu. Leo, Leo! rief meine zukünftige Frau, aber Leo war nicht mehr ansprechbar, er war schon intensiv am Schnuppern, und Lara tat ihm durch Seitwärtslegen des Schwanzes ihr Einverständnis kund, worauf er sofort aufstieg. Für eine Intervention war es zu spät. Verwirrt und peinlich berührt – fast möchte ich sagen: in Scham vereint – standen wir beide daneben, und außer ein paar Entschuldigungsfloskeln wußten wir nichts zu sagen. Nun aber gab es eine Komplikation, die, wie ich mir habe sagen lassen, gar nicht so selten ist. Der Rüde nämlich versuchte nach erfolgter Kopulation vergeblich abzusteigen, er blieb in Lara wie in einem Schraubstock stecken. Ein Weilchen lang drehten die beiden Verkeilten sich lautlos im Kreis. Dann legte Leo ein Hinterbein auf Laras Rücken und drehte seinen Körper ab und um, so daß die zwei, noch immer verschweißt, jetzt Hinterteil an Hinterteil dastanden, worauf ein jeder unter Schmerzensjaulen in seine Richtung zu zerren begann. Umsonst, sie kamen nicht los voneinander. Das Schauspiel war verstörend, die junge Frau errötete in Wellen, und ich fand kein entkrampfendes Wort. Nach einer Viertelstunde, der längsten meines Lebens, erklärte meine spätere Frau, man müsse etwas tun, sonst nehme das Drama kein Ende. Ja, aber was? fragte ich, und statt eine Antwort zu geben, näherte sie sich von vorn ihrem Leo, er war nicht groß und nicht schwer, faßte ihn beidhändig um seine Flanken, hob ihn behutsam ein Stückchen hoch und zog mit einer leichten Drehbewegung an ihm. Die Sperre schien sich zu lösen, die Trennung gelang, und jeder der beiden Hunde begann jetzt sein Geschlecht zu lecken. So also lernten wir uns kennen. Nicht auszudenken, was geschehen wäre, wenn ich vor dem Spaziergang auftragsgemäß zum Spray gegriffen hätte. Nämlich nichts. Man hätte sich auf dem Feldweg gekreuzt und gegrüßt, und Leo hätte, wenn überhaupt, an Lara kurz gerochen, sich schaudernd abgewandt und dann, energisch an der Leine reißend, die Frau meines Lebens für immer aus meinem Blickfeld gezogen. Gottlob ist es anders gekommen. Gottlob hat sich die junge Frau nach dem Vorfall nicht einfach entfernt, sondern sich Sorgen gemacht. Jetzt können wir nur hoffen, hat sie zu mir gesagt, daß das Naturereignis keine Folgen hat. Naturereignis! hat sie tatsächlich gesagt, das bleibt im Gedächtnis, und mir ist sofort klar gewesen: Wenn eine derart junge Frau den Vorgang der Begattung ein Naturereignis nennt, dann ist sie ein besonderer Mensch. Ich fragte sie, ob ich sie informieren solle über die möglichen Folgen. Sie bat darum und gab mir die Telefonnummer. Sie nannte ihren Namen, ich den meinen, ihr Händedruck war angenehm. Von Liebe auf den ersten Blick kann nicht gesprochen werden, ich war nie schnell entflammbar. Wir haben uns, nachdem wir begonnen hatten, uns regelmäßig zu treffen, nur langsam verliebt, und es wäre jetzt an der Zeit, für eine Weile zu schweigen und mir die Möglichkeit zu geben, mich als Zuhörer so zu bewähren wie Sie, Herr Clarin. Reden Sie! Berichten Sie von sich, geben Sie doch, um Himmels willen, auch einmal etwas preis!

Er läßt mich nicht zu Wort kommen, hätte ich denken können, er redet sich in ein Fieber hinein und wirft mir dann vor, daß ich schweige. Aber ich dachte es nicht, ich empfand es nicht so. Ich erinnerte mich an meine Mutter, die mir in meiner Kindheit oft aus Grimms Märchen vorgelesen hatte. Damals hatte ich zuhören können, beteiligt, gebannt – wie sehr, so merkte ich jetzt, ist diese Fähigkeit im Lauf der Zeit verkümmert. Ich merkte es, weil sie auf einmal wieder da war, wie neuerweckt durch die starke Gegenwart des erzählenden Loos. Ich hatte gar nicht den Wunsch, das Wort zu ergreifen, obwohl ich sonst gern rede und mich unter meinesgleichen nicht unwohl fühle in der Rolle des wortführenden Platzhirschs. Jetzt aber, wie gesagt, hatte ich kein Bedürfnis zu reden, vermutlich auch deshalb nicht, weil ich befürchtete, Loos' unverhofftes Interesse zu enttäuschen. Er schien mich so weit gebracht zu haben, daß ich mich und mein Leben fast fad fand. Er schaute mich an. An Ihrer Stelle hätte ich die Geduld mit mir schon lange verloren, sagte er. – Wer gepackt sei, antwortete ich, brauche keine Geduld. Was mir ein wenig Geduld abverlange, sei einzig der Umstand, daß er fast nichts zu Ende erzähle und mich sogar im unklaren lasse, ob Lara trächtig geworden sei oder nicht. – Es stimmt, ich komme nie zu einem Abschluß, sagte Loos, und Lara ist leider nicht trächtig geworden. – Warum denn leider? fragte ich. – Das möchte ich jetzt nicht erklären, sagte er, Sie haben ja das Wort. – Es sei nicht leicht, auf Geheiß zu reden, sagte ich, und außerdem wisse ich nicht, was er von mir zu hören wünsche. Loos füllte unsere Gläser. Ich möchte Ihnen gern das Du anbieten, sagte er, ich glaube, es ist nicht mehr nötig, uns mit der Sie-Form auf Distanz zu halten. – Loos' Antrag kam für mich so unerwartet, daß ich nicht sofort reagieren konnte. Es muß nicht sein, sagte er, es war nur eine Anwandlung. – Ich freue mich darüber, sagte ich schnell, obwohl es nicht der Wahrheit entsprach. In Wahrheit war ich froh um die Distanz, die Loos jetzt abbauen wollte. Sein Gravitationsfeld, wenn ich so sagen darf, übte schon Kraft genug auf mich aus. – Ich heiße Thomas, sagte ich. – Loos stutzte kurz und sagte dann: Das habe ich vermutet. – Vermutet? Weshalb denn? – Nun, sagte er, ich habe gestern nacht das Namensschild an Ihrer Haustür gesehen, *T. Clarin*, und auf dem Rückweg habe ich versucht, Vornamen, die mit einem T beginnen, aufzuzählen, ich habe nur acht gefunden, am ehesten, so schien es mir, passe Thomas zu Ihnen. Im übrigen verbindet uns etwas, ich heiße wie Sie, ich meine wie du. – Thomas? – Thomas, ja.

Bevor ich mich zu diesem Zufall äußern konnte, sagte Loos, es sei ihm bei seinem Aufbruch noch etwas anderes aufgefallen. Mein Namensschild befände sich, mit einem zweiten zusammen, auf dem linken Rahmen der Haustür. Und auf dem rechten Rahmen habe er ein drittes Schildchen gesehen, aus Messing, von Grünspan verfärbt, aber noch lesbar. Wie ich ja wisse, stehe *Tasso* darauf, und dieser namhafte Name habe ihn sehr verwundert. – Sie sind mir ein Rätsel, sagte ich, du bist mir ein Rätsel, wie kannst du so viel trinken wie gestern und trotzdem noch scharfäugig sein? – Seine Fülle erlaube ihm vieles, antwortete er, und ob ich ihm nicht sagen wolle, wer dieser Tasso sei. – Er war mein bester Freund, sagte ich, wir haben als Studenten Wand an Wand gewohnt, er lebt nicht mehr. Ihm hat das Häuschen in Agra gehört, mit sechsundzwanzig ist er dort gestorben.

Im Unterschied zu mir verstehst du es, dich knapp zu fassen, sagte Loos, nur eben, es fehlt das Fleisch am Knochen. Mehr Fleisch, Thomas, wenn ich bitten darf! War dieser Tasso womöglich ein Verwandter des berühmten und verrückten Dichters? – Das wurde er häufig gefragt, und er pflegte darauf bescheiden zu sagen, er wisse es nicht. Er stammte aus der Gegend um Neapel, und als er fünfjährig war, verloren seine Eltern bei einem Autounfall ihr Leben. Man verpflanzte ihn in die Schweiz, nach Bern, zu einer Schwester seines Vaters, die kinderlos verheiratet war mit einem Schweizer Ingenieur, der Engel hieß und der, als Tasso dreizehn war, in einen

Liftschacht stürzte. Er hinterließ seiner Frau ein nettes Vermögen sowie ein Häuschen in Agra, wohin sie sich zurückzog, als Tasso zu studieren begann. Zwei Jahre später starb auch sie, ich glaube an Lymphdrüsenkrebs, und das Häuschen ging über in Tassos Besitz. Ist es so recht, Thomas, oder soll ich mehr raffen? – Es wird zu viel gestorben, sagte Loos, sonst ist es recht, erzähl! – Gut, also, im Dachgeschoß eines stattlichen Hauses, das einer Bäckerswitwe gehörte, fand ich gleich zu Beginn des Studiums ein kleines und billiges Zimmer. Die Toilette mußte ich teilen mit den Mietern der zwei anderen Zimmer, und einer davon war der mir unbekannte Tasso. Er wohnte schon länger hier, er studierte Geschichte und Englisch im vierten Semester, und daß wir enge Freunde wurden, grenzt an ein Wunder. Er war das pure Gegenteil von mir, äußerlich ohnehin, aber ich rede vom Wesen. Das, was als südländisch gilt, der leichte Sinn, das lässige und lockere Benehmen, Kontakt- und Redelust, vielleicht auch Oberflächlichkeit: das alles vertrat eigentlich ich, während Tasso ernst und schwerblütig war, gewissenhaft und gründlich. Er hatte, was mir fehlte, und umgekehrt. Du kannst dir denken, wie spannend, aber auch wie voller Spannungen die Freundschaft war. Wir wurden so vertraut, daß wir einander auch die wechselseitigen gelegentlichen Haßgefühle eingestehen konnten. Ich nahm mir beispielsweise immer wieder vor, am Morgen einmal vor ihm aufzustehen, aber ich schaffte es nie und haßte ihn für meine Niederlagen. Erst sehr viel später bin ich zum Frühaufsteher geworden und habe gelernt, mich zu disziplinieren. Giovannis Haß – er hieß Giovanni – bezog sich eher auf mein Liebesleben beziehungsweise, wie er sagte, auf meinen zwanghaften Frauenkonsum, von dem er natürlich betroffen war, da wir ja Wand an Wand wohnten. Aber nicht die Geräusche seien es, sagte er, die Haß in ihm aufkommen ließen, auch nicht der Neid, sondern eher der Umstand, daß ihn mein flatterhaftes Tun zum Mitleid mit den Frauen zwinge. Denn seiner Meinung nach verdienten und ertrügen die Frauen es nicht, wegwerfend behandelt zu werden, und wegwerfend meine er wörtlich. Trotz aller Differenzen: gefährdet war die Freundschaft nie. Einmal hat Tasso bei mir angeklopft, lange nach Mitternacht, und leise gerufen, ob ich noch wach sei. Ein wenig, sagte ich, komm rein. – Er hielt ein Buch in seinen Händen und sagte schüchtern, er habe darin einen Satz für uns gefunden, und zwar den folgenden: *Sei deinem Freund ein unbequemes Ruhekissen.* Da bin ich aus dem Bett gesprungen und habe einen Chianti entkorkt, und unsere Freundschaft war jetzt sozusagen definiert.

Falsch, sagte Loos, im Original heißt es *ein hartes Feldbett* und nicht *ein unbequemes Ruhekissen.* – Ich danke höflich für den Hinweis, sagte ich, der Sinn bleibt zwar der gleiche. – Entschuldige, sagte er, der Philologe ist mit mir durchgegangen. – Schon gut und wie auch immer, sagte ich, wenig später verliebte sich Tasso, und zwar zum ersten Mal, so hoffnungslos vehement, wie es vielleicht nur Spätzündern zustößt. Jedenfalls sprach er nur noch von

Heirat, obwohl er mir gleichzeitig anvertraute, daß er das Küssen weit weniger einfach finde, als es in Filmen aussehe. Er sagte mir auch, der einzige Grund, warum er mir Magdalena bisher nicht vorgestellt habe, sei seine Angst vor dem leicht spöttisch taxierenden Blick, mit dem ich die Frauen ansähe. Nicht weil er befürchte, daß seine Freundin vor meinem Blick nicht bestehen könnte, sondern weil es sein Wunsch sei, daß sie mich möge. Ich versprach ihm, sie so anzuschauen, als wäre sie eine Blume. Doch als ich sie dann erstmals sah, vergaß ich die Blume, sah nur noch die Frau und begriff die Verzauberung Tassos. So sehr ich auch merkte, daß etwas an ihr war, was meinen Freundinnen abging, so dunkel blieb mir das Etwas. Ich spürte nur, daß ich bei Magdalena, selbst wenn sie frei gewesen wäre, nie hätte landen können. Trotzdem war sie mir sofort sympathisch, und da ich auch zu sehen glaubte, wie gut die beiden zueinander paßten, gab ich es auf, Tasso zu bremsen und ihm all das unter die Nase zu reiben, was er versäumen würde, wenn er die erste Geliebte zur Ehefrau mache. Er hatte das nie hören wollen und einmal verlegen erklärt, das einzige, was ihn gelegentlich bremse, sei seine Sorge, den körperlichen Wünschen Magdalenas nicht gerecht zu werden. Wie ich ja wisse und nicht verstehen könne, sei er trotz seiner mehr als fünfundzwanzig Jahre so gut wie ahnungslos, wogegen Magdalena schon Erfahrung habe. Und so sei zu befürchten, daß sie ihn unzulänglich finde und womöglich als Stümper betrachte, was er ja sei. Ob er denn, fragte ich ihn, noch nicht mit ihr geschlafen habe. Er sagte, für ihn sei das Küssen schon Wunder genug, mit dem anderen eile es nicht. Mein Gott, sagte ich, mit dem Heiraten scheint es zu eilen, das Vögeln aber hat Zeit. – So ist es, sagte er.

Das war im Frühling, im Sommer fand die Hochzeit statt. Die beiden reisten ins Tessin und verbrachten zwei Wochen in seinem Haus. Dann kehrte Magdalena zurück, sie war als Logopädin tätig, während Giovanni noch blieb, um ohne Ablenkung an seiner Abschlußarbeit zu schreiben. Sie telefonierten täglich, und an den Wochenenden besuchte sie ihn. Ende August rief sie mich an, an einem Mittwoch. Sie sagte, sie sei am Sonntagabend von Agra abgereist, und seither habe sie nichts mehr von Tasso gehört und könne ihn nicht erreichen. Ob er sich bei mir gemeldet habe. Nein, sagte ich und beruhigte sie, ich lachte sie sogar aus. Es schien mir wirklich übertrieben, nach zweieinhalb funkstillen Tagen schon alarmiert zu sein. Sie war es aber, und da sie auch am Donnerstag nichts von Giovanni hörte, stieg sie am Freitag in den Zug. Was sie in Tassos Haus vorfand, übersteigt jede Vorstellungskraft. Es war so unsagbar entsetzlich, daß sie für kurze Zeit das Bewußtsein verlor. Er lag verkrümmt auf dem Sofa. Ameisen, Fliegenschwärme auf ihm.

Ich pausierte und trank. – Grauenhaft, murmelte Loos, Mord oder Selbstmord? – Weder noch, sagte ich, er starb, wie zweifelsfrei festgestellt wurde, eines natürlichen Todes, Herzschlag, Sekundenherztod, vermutlich schon am Montag und vermutlich verursacht durch einen angeborenen Herzklappenfehler. Gelitten hat er mit Sicherheit nicht, das war der einzige Trost. Magdalena hat alles durchgestanden, dann aber, Wochen nach Tassos Bestattung, mußte sie etwas erleben, was sie zusammenbrechen ließ. Tasso hat die Gewohnheit gehabt, fast immer eine Fotokamera bei sich zu haben, eine leichte, kompakte, die er sein Tagebüchlein nannte. Die Fotos, die er machte, bekam ich selten zu Gesicht. Sie fielen dadurch auf, daß nichts darauf zu sehen war, was auffiel. Er hatte eine Schwäche und einen Blick fürs Unscheinbare. Kurzum, in dieser Kamera befand sich noch ein Film, und diesen ließ Magdalena entwickeln, um, wie sie sagte, zu wissen, was in den letzten Tagen oder Stunden seines Lebens in Tassos Augen gefallen sei. Das Bildzählwerk hatte angezeigt, daß sieben Bilder belichtet waren, und sieben entwickelte Bilder kamen zurück. Sie zeigten alle eine nackte Frau, teils von vorne, teils von hinten, die auf dem Sofa mit dem hellblauen Überwurf lag, auf dem auch Tasso gelegen hatte, als Magdalena ihn fand.

Loos starrte mich an, ich schwieg, er sagte mit sonderbar heiserer Stimme: Weiter! – Wie weiter? sagte ich, die Geschichte ist aus. – Nein, sagte Loos, keine Geschichte ist aus und zu Ende, es gibt nur den willkürlichen Abbruch an einem beliebigen Punkt. Wer war diese Frau? – Wir wissen es nicht. Magdalena hat aus einem der Fotos, auf denen man das Gesicht sehen konnte, den Kopf ausgeschnitten und das Bildchen jenen gezeigt, die Tasso am nächsten standen.

Niemand hatte die Frau je gesehen, niemandem ist es zu glauben gelungen, daß Tasso ein Doppelleben geführt haben könnte. Vergeblich hat Magdalena, um sich Gewißheit zu verschaffen, in seinen Sachen nach Zeichen dafür gesucht, es fand sich nicht das kleinste Fetzchen. Ich habe noch zu erwähnen vergessen, daß auf der Rückseite der Fotos das Aufnahmedatum aufgedruckt war. Sie waren drei Tage vor Magdalenas letztem Besuch entstanden, ich meine vor dem letzten Wochenende, das die beiden zusammen verbrachten. Ich habe keine andere Erklärung, als daß mein Freund, nachdem er sexuell einmal geweckt war, triebmäßig die Kontrolle verlor, nicht an sich halten konnte und eine käufliche Frau zum Hausbesuch bestellte. Zwar paßt auch das nicht zu ihm, doch eine andere Deutung sehe ich nicht, denn eines ist für mich todsicher: Der liebende Tasso hatte keine Geliebte.

Wie sah sie aus, die Frau? fragte Loos. – Schwer zu sagen, ich habe die Bilder ja nicht gesehen, nur den Ausschnitt mit dem Gesicht, das etwas Slawisches hatte, betonte Wangenknochen, rotblondes Haar, die Züge eher herb und die reifere Frau verratend, sie war bestimmt zehn Jahre älter als Tasso. Warum fragst du? – Nur so, sagte Loos, erzählen Sie weiter! – Nachtragen, sagte ich irritiert, auch weil mich Loos wieder siezte, nachtragen kann ich nur noch, daß Magdalena, therapeutisch begleitet, allmählich wieder herausfand aus der lähmenden Depression, die nach dem Doppeltrauma Besitz von ihr ergriffen hatte. Das Haus in Agra hat sie nie mehr betreten und vor vier Jahren verkauft: an mich und meinen Kollegen, meinen Partner in der Anwaltskanzlei. Das war's.

Natürlich ist es nicht leicht, mit dem Abgrund zu leben, sagte Loos, und die Versuchung ist groß, ihn zu ergründen. Man sollte es nicht, es führt nur zu wütender Trauer. Schaut man horchend hinab, hört man sein eigenes Zähneknirschen oder das Echo davon, sonst nichts. Wer bist du? Wie sieht es in deinem Innersten aus? Zwecklose Fragen, vergebliche Zudringlichkeit. Und trotzdem, trotzdem, ein wenig kenne ich Tasso, auch wenn ich nicht wie du sein bester Freund gewesen bin. – Ich komme nicht mit, sagte ich, ist es dein Ehrgeiz, mich zu verwirren? Hast du Tasso gekannt? – Du machst es mir leicht, dir zuzuhören, sagte er, denn Tragisches liegt mir, nur, es ist mir peinlich, meine Blase, darf ich nochmals um eine kurze Unterbrechung bitten? – Ich sah ihm hinterher und nahm mir vor, nie so verschroben zu werden.

Als er zurückkam, sagte er: Die Nebelschwaden verziehen sich, der Himmel klart auf, ich habe die Lichter gesehn, man könnte glauben, es bahne sich ein heller Pfingstsonntag an. Und wie erwähnt, selbst die Gehirne unserer Nächsten sind siebenfach versiegelt. Was ich von Tasso weiß, weiß ich von dir, und trotzdem komme ich, was die geheimnisvolle Frau betrifft, zu einem anderen Bild als du, weil ich die Einzelteile anders werte. Vergiß den Dammbruch. Vergiß das Übermaß an Ungeduld und sexuellem Hunger. Verknüpfe Tassos große Liebe mit seiner Unerfahrenheit auf physischem Gebiet, und denk an seine rührende Angst, die Liebste zu enttäuschen und ihr ein ungeschickter Mann zu sein. Stell dir vor, er läse eine Zeitung und stoße auf ein Inserat, in dem es etwa heißt: Reife, zärtliche Frau macht Haus- und Hotelbesuche. – Eine Versuchung für Tasso! Und zwar die Versuchung, sich aus besorgter Liebe zum Schüler zu machen. Er läßt sie kommen, jetzt werde ich spekulativ: Er merkt, wie sie da ist, daß er sich einen Moment lang verkannt hat. Er will keine andere Frau, auch nicht zu Übungszwecken, er kann das nicht. Sie zieht sich aus, unaufgefordert, legt sich aufs Sofa und haucht: Vieni qua. – Er steht eine Weile lang ratlos, bis ihm der Einfall kommt. Er wolle nichts weiter, sagt er, als ein paar Fotos machen. So einer bist du, sagt sie. Und das kann er heiter verkraften.

Ich zweifelte keine Sekunde daran, daß Loos den Schleier gehoben hatte, daß seine Rekonstruktion und Deutung richtig waren. Ich haßte ihn. Ich haßte ihn, weil er mich dazu zwang, mich vor die Stirn zu schlagen und innerlich zuzugeben, daß ich für die Motive Tassos stockblind gewesen war. Auch so etwas wie Eifersucht empfand ich, als hätte Loos von meinem besten Freund Besitz ergriffen und ihn mir quasi postum ausgespannt. – Du ziehst zu Recht die Brauen zusammen, sagte Loos, ich kann mich irren. Sag Magdalena nichts von meiner Theorie, denn würde sie sie überzeugen, so käme sie nach Jahr und Tag in eine doppelte Not. Sie müßte im Rückblick sehen, daß sie etwas, was gar nicht gewesen war wie sie glaubte, unter Schmerzen verarbeitet hatte. Und dazu kämen Scham- und Schuldgefühle dem toten Tasso gegenüber, den gegen allen bösen Schein blindlings in Schutz zu nehmen ihr nicht gelungen war. Wie geht es ihr heute? – Es geht ihr gut, sie hat sich wieder verbunden und ist kürzlich Mutter geworden.

Wie geht es der anderen Frau? – Welcher anderen Frau? – Der mit den Nervenproblemen, mit der du hier einmal gegessen hast. – Ach der, sagte ich, ich habe keine Ahnung, wir haben uns nach der Trennung aus den Augen verloren, wie kommst du jetzt auf sie? – Ganz indirekt, sagte Loos, sie ist, wenn ich nicht irre, neben Magdalena die einzige Frau, von der ich wissen kann, daß sie in deinem Leben einmal eine Rolle spielte, du hast von keiner anderen erzählt. – Das hat nur mit dem Ort zu tun, an dem wir sind und der mich an sie erinnert hat. Sie war nicht wichtiger für mich als andere, was nicht bedeutet, daß sie mir gleichgültig war. Im übrigen glaube ich, daß du kein Mann bist, der sich für Liebeleien und Affären interessiert. – Darf ich erfahren, was dich zu dieser Überzeugung bringt? – Das fragst du noch, du glühender Verfechter der sogenannten großen Liebe! – Thomas, sagte Loos, die Liebe braucht nicht verfochten zu werden, so wenig wie die Sonne. Was mir zuteil geworden ist, ohne Verdienst, hat mich zwar manchmal dazu verführt, all jene zu bedauern, die in Ermangelung der Sonne zu einem Heizstrahler greifen. Und nun, da mein Himmel bedeckt ist, hätte ich selbst einen nötig, nur kann ich nicht umgehn mit ihm. Mein Interesse aber ist groß. Was ich nicht kann und darum nicht kenne, erregt meine Neugier. Nur zu! Du hast dich eben warm geredet, nutze den Schwung, erzähle dem Laien und Bünzli von deinen Affären. – Ich schaute auf die Uhr und sagte: Du sprichst im Plural, ich fürchte aber, für mehr als eine ist die Zeit zu knapp. – Dann mußt du dich eben beschränken, die Qual der Wahl kann ich dir nicht ersparen. – Gut, sagte ich, ist es dir recht, wenn ich beim Nervenbündel bleibe, das ich schon mehrfach erwähnte? – Das überlasse ich dir, Hauptsache, ich lerne dazu. – Ich wüßte nicht, was dieser Fall dich lehren könnte. – Ich hab es doch eben gesagt: wie man mit einem Heizstrahler umgeht.

Gut, also, sagte ich, ich fange mit dem Anfang an. Er ist zwar nicht so interessant wie deine Hundegeschichte, aber immer noch reizvoll genug, wie überhaupt der Anfang das Reizvollste ist, was eine Beziehung zu bieten hat. Nichts spannender, erregender, als sich an eine fremde Frau heranzutasten! Mit Blicken, mit Worten – und schließlich, falls es knistert, mit spielerischen Händen und so weiter. Nach diesem Knistern bin ich süchtig, nur überdauert es die Anfangsphase selten und macht allmählich einem Knirschen Platz. Jaja, ich weiß, du hast ein anderes Bild dank deiner anderen Erfahrung, ich hab die Skizze deiner Stufenleiter noch im Kopf. Also, ich wohne ja am Berner Stadtrand, gleich in der Nähe eines Einkaufcenters, zu dem ein kleiner Park mit Kinderspielplatz gehört. Auch Bänke sind da und ein plätschernder Brunnen. Und eines Abends, ich hatte eingekauft, sah ich an diesem Brunnen einen Mann stehn, der idiotisch grinste und einen Gegenstand im Wasser schwenkte. Ich setzte mich auf eine Bank und schaute ihm verwundert zu. Er grinste und schwenkte. Eine Frau kam hinzu, setzte sich ans andere Ende der Bank und schaute ebenfalls. Der Mann bemerkte unser Interesse und schien es zu genießen. Schließlich nahm er das Ding heraus und hielt es noch für eine Weile unter den Strahl der Röhre. Das Ding, wie ich jetzt sah, war ein Gebiß. Der Mann fixierte uns, sperrte sein Maul auf, setzte es ein, das Gebiß, und entfernte sich immer noch grinsend. Wir schauten uns an, die Frau und ich, sie lächelte, ich lachte. Sie hatte ein hübsches, ja schönes Gesicht, und ihr fast schwarzes Haar, sie trug es kurzgeschnitten, betonte dessen Blässe. Mein Typ war sie allerdings nicht, ich stehe mehr auf blonde Frauen und auf sportliche, mit denen ich auch Tennis spielen kann. Trotzdem begann ich zu plaudern mit ihr, weil ich nicht anders kann. Sie sagte wenig, doch ihre Körpersprache verriet durchaus nicht Unzugänglichkeit. Ich machte ein paar lockere Sprüche über die seltene Form des Entblößungsdrangs, die wir eben hatten beobachten können. Sie schien mich ganz lustig zu finden und taute so weit auf, daß ich es wagte, forsch und direkt zu sein und sie zu fragen, ob sie zur Feier des 1. Aprils einen Apéro mit mir trinke. Sie fragte, ob meine Frage ein Aprilscherz sei. Nein, blutiger Ernst, sagte ich. Sie lächelte, sie schaute auf die Uhr und zauderte. Dann sagte sie wie zu sich selbst: Warum eigentlich nicht. – Und diese drei Wörtchen wiederholte sie auch, als ich nach dem Campari fragte, ob wir uns wiedersehen könnten. Die nächste Frage allerdings: ob ich sie dann entführen dürfe in ein nettes Lokal, verneinte sie und bestimmte als Treffpunkt den Kinderspielplatz – in einer Woche und zur gleichen Zeit. Mit großer Selbstverständlichkeit nahm sie die Rolle ein, die ich in solchen Fällen zu spielen gewohnt war: die des Herrn über Wo und Wann. Und dieser Umstand irritierte mich ein wenig, vor allem aber reizte er mich. Denn oft, während der Tage des Wartens, malte ich mir die Stunde aus, in der die Herrin weiche Knie bekommen würde. Im übrigen hatte ich bei unserem Apéro so gut wie nichts erfahren über sie, auch ihren Vornamen nicht, was ihren Reiz für mich noch steigerte. Und etwas Drittes hat mich angezogen: Ich bevorzuge reifere Frauen. Das war sie. Sie ging so gegen die Vierzig, schätzte ich, ein Alter, in dem die Frauen nach meiner Erfahrung die optimale Genußreife haben.

Moment, sagte Loos, den Ausdruck muß ich mir notieren, obwohl … – Er zog sein Notizheft hervor, schrieb aber nichts und verstaute es wieder. Er deutete auf seinen linken Unterarm und sagte: Die Allergie. – Tatsächlich sah ich ein paar rote Punkte und fragte ihn, ob er den Ausdruck abstoßend finde. – Auf Aprikosen oder Käse angewandt durchaus nicht, sagte er, mach ruhig weiter, ich wollte dich nicht unterbrechen. – Und ich dich nicht allergisieren, auf jeden Fall war sie schön reif, und meine Gedanken kreisten täglich um sie und ihre Erscheinung, was üblicherweise als Symptom der Verliebtheit gilt.

Aber wahrscheinlich war ich so wenig verliebt wie der Jagdhund ins Wild, dessen Fährte er in gedanklicher Ausschließlichkeit folgt. Und doch bemerkte ich, als ich mich zum vereinbarten Termin dem Kinderspielplatz näherte, daß ich Herzklopfen hatte, was mir lange nicht mehr passiert war. Sie saß bereits auf der Bank, rauchte und schaute so gebannt auf die Schaukel neben dem Brunnen, daß sie mich erst bemerkte, als ich mich zu ihr setzte. Enttäuschend flüchtig begrüßte sie mich, und als ich fragte, wie es ihr gehe, legte sie den Finger auf ihren Mund und deutete mit dem Kopf Richtung Schaukel. Ein kleines Mädchen saß darauf, und neben ihm, an den Pfosten gelehnt, stand sein mutmaßlicher Vater, in die Lektüre einer Boulevardzeitung vertieft und die Schaukel von Zeit zu Zeit anstoßend. Was daran so bemerkenswert sein sollte, daß ich zum Schweigen aufgefordert wurde, war mir nicht klar. Ja, herzig, sagte ich schließlich. Nein, trostlos, Herr Doktor, sagte sie. Auf meine erstaunte Frage, woher sie wisse, daß ich den Doktortitel habe, meinte sie nur, es gebe Telefonbücher. Sie hatte sich also mit mir beschäftigt, das war ein gutes Zeichen und ebenso ermutigend wie ihre Lippen. Sie waren nicht geschminkt gewesen bei unserem Zufallstreffen, jetzt aber profilierten sie sich dunkelrot.

Wir tranken dann wieder Campari. Sie wirkte gelöst. Auf meine Frage nach ihren persönlichen Lebensumständen sagte sie ohne Schroffheit, sie schlage vor, daß wir darauf verzichteten, uns gegenseitig auszuforschen. Nur ihren Beruf gab sie preis:

Sie war Betreuerin in einem Behindertenheim. Ich konnte es nicht lassen, trotz ihres Vorschlags, sie zu fragen, ob sie verheiratet sei. Sie nickte knapp. Es paßte mir, daß sie gebunden war, ich fühlte mich freier so – und auch herausgeforderter und quasi eroberungslustiger. Im übrigen merkte ich sehr wohl, ich bin ja nicht instinktlos, daß ihr etwas an mir gefiel. Nach einer Stunde aber – ich wollte sie gerade fragen, ob ich jetzt wirklich einsam essen gehen müsse – stand sie auf und sagte: In einer Woche? – Ob es nicht früher gehe, fragte ich. – In einer Woche, sagte sie, Sie wissen ja wo. – So hat sie mich zappeln lassen, so hat sie erreicht, wahrscheinlich gar nicht mit bewußter Taktik, daß ich in der folgenden Woche noch intensiver umgetrieben wurde als in der Wartezeit zuvor. Vielleicht war ich jetzt wirklich verliebt, obwohl ich mich an Tassos Satz erinnerte, Verliebtheit sei seelische Seligkeit, von sinnlichem Verlangen nur ganz dezent begleitet. Dezent war das meinige nicht, es war, ich gebe es zu, von herrischer Dominanz.

Jetzt raffe ich rigoros. Beim dritten Mal war alles anders. Sie schien verjüngt, beschwingt, ja übermütig wie ein Mädchen. Sie saß nicht auf der Bank, als ich kam, sie saß auf der Schaukel und begrüßte mich strahlend. Dann trank sie Wasser aus der Röhre, sah eine Vogelfeder im Brunnen und fischte sie heraus. Komm, sagte sie und lief zum Sandhaufen in der Ecke des Kinderspielplatzes. Gleich wird sie eine Sandburg bauen, dachte ich, aber sie tat etwas anderes, sie schrieb mit dem Federkiel den Namen VALERIE in den Sand. Danke, sagte ich, du hast es spannend gemacht, zwei volle Wochen lang hast du mich dazu verdammt, von einer Frau zu träumen, von der ich lediglich wußte, daß sie Frau Bendel heißt. – Du hättest mich ja einmal fragen können, sagte sie. – Ich habe zweimal gefragt, entgegnete ich, du hast es scheinbar überhört. – Wir wollen nicht streiten, sagte sie, ich bin nämlich hungrig. – Okay, sagte ich äußerst vergnügt, ich rufe sofort ein Taxi. – Sag nicht okay, bitte, ich hasse dieses importierte Wort. – In Ordnung, sagte ich, wirst du als nächstes meine Nase tadeln? – Zeig! sagte sie. Ich senkte brav den Kopf, sie schaute prüfend und sagte dann: Die ist okay.

Beim Abendessen, wir aßen Chateaubriand und tranken einen Chambertin von schönster Rasse, fragte ich sie, warum sie plötzlich so verwandelt sei, so leicht und heiter. – Damit ich besser zu dir passe, und weil das Gestern und das Morgen mich ausnahmsweise nicht beschweren. – Das freut mich, sagte ich, es geht mir gleich, und zwar nicht ausnahmsweise, sondern meistens. – Ich weiß, ich weiß, ich war von Anfang an im Bild, ein loser Vogel braucht sich nicht zu outen. – Gut, sagte ich, dann wird es dich auch nicht erstaunen, wenn ich dich frage, ob du noch für ein Stündchen zu mir kommst. – Sie zögerte, sie überlegte, sie sagte: Warum eigentlich nicht. – Sie blieb bis zwei Uhr morgens, ich kann dir sagen, es war traumhaft.

Ach Gott, sagte Loos, wie frei ihr alle seid! – Du bist es ja auch, sagte ich, und als reifer Beschützertyp könntest du, wenn du nur wolltest, so viele Frauen wie Finger haben, auch und gerade junge. – Ja, sagte Loos, frei bin ich, und nichts scheint mir wertloser. Der graue Satz stammt leider nicht von mir, obwohl er mich exakt ausdrückt. Dies nebenbei. Wie war sie denn im Bett? – Verunsichert sah ich Loos an. Die Frage paßte nicht zu ihm, weshalb ich glaubte, er stelle sie, um sich über mich und mein Heldentum lustig zu machen, vielleicht aber auch, um mein Niveau zu testen. Mit etwas Unmut sagte ich, ich hätte nicht den Eindruck, daß ihn die Antwort interessiere. – Du hast mir Spannendes aufgetischt, sagte er, das Dessert aber willst du mir verweigern? – Ich lachte und sagte: Nun gut, von Mann zu Mann, sie war phantastisch, sie war, wie soll ich sagen, auf seltsam reservierte Weise leidenschaftlich und schrie wie mit verbundenem Mund. Genügt dir das? – Vollkommen, sagte Loos. Er trank, verschluckte sich und hustete. Er fragte mit belegter Stimme: Wie ging die Sache weiter? Wie endete sie und warum? – Ich würde jetzt gern eine Pause machen, sagte ich, und wieder dir zuhören. – Ganz wie du meinst, du mußt mir allerdings helfen: Wo bin ich stehengeblieben? – Schwer zu sagen, du hast mir zuletzt noch erzählt, wie du und deine Frau mit Hilfe zweier Hunde zusammengekommen seid. Nur war das eher ein Exkurs, und stehengeblieben bist du eigentlich vorher: bei der Krankheitsgeschichte deiner Frau.

Richtig, ja, beim Astrocytom. Als ich ihr sagte, astro komme vom griechischen astron und bedeute ›Gestirn‹, während cytus lateinisch ›Zelle‹ bedeute und vom griechischen kytos gleich ›Höhlung‹

abstamme, da lächelte sie träumerisch und sprach nicht mehr von Geschwulst oder Tumor, sondern vom Stern in ihrer Schädelhöhle oder einfach von ihrem Stern. Mein Stern, sagte sie fortan, und nicht: mein Tumor. Und da sie mitunter ein wenig verstiegen war, sagte sie auch, ein Stern könne niemals ihr Feind sein. Es schien ja tatsächlich auch so – ich habe es angedeutet –, als ob sie dem möglichen Tod nicht schreckensstarr ins Auge blicke, sondern irgendwie beinahe zärtlich. Eine Zeitlang befürchtete ich, daß sie sich einer Operation verweigern könnte, was sie, von den Symptomen schwer gequält, zum Glück dann doch nicht tat. Man wußte übrigens nicht, ob die Geschwulst gut- oder bösartig war, das konnte erst der Eingriff zeigen, der uns, aufgrund der günstigen Lage des Tumors, als aussichtsreich geschildert wurde und bestenfalls auch eine Nachbehandlung mit Strahlen- oder Chemotherapie unnötig machen würde. In dieser nicht sehr langen Zeit des Wartens besorgte ich den Haushalt und las Bettina alle Wünsche von den Augen ab. Letzteres war zwar nicht neu, das erstere schon eher. Ich kaufte mir ohne ihr Wissen ein Kochbuch, ein vegetarisches natürlich, studierte es in der Schule während der Klassenarbeiten, notierte mir die Zutaten, kaufte das Nötige ein und überraschte meine Frau fast jeden Abend mit einem raffinierten kleinen Menü. Ihr Appetit war allerdings gering, der meinige ohnehin, denn meine ständige Angst vor dem Schlimmsten und eigentlich Unvorstellbaren schien meine Luft- und Speiseröhre einzuengen. Es war eine unschöne Zeit. Es war auch eine schöne Zeit. Wir hatten uns noch. Wir waren vereinigt. Ich war erleichtert und froh, als ich Bettina in einem Buch lesen sah, das den Titel *Die hundert Schritte zum Glücklichsein* trug. Es zeigte mir, daß sie nicht abgeschlossen hatte, daß sie dem Leben noch zugewandt war. Es brachte mich zugleich ins Grübeln, da ich mich fragen mußte, warum sie ein solches Buch konsultierte. Sie war, von ihrem momentanen Leiden abgesehen, doch immer glücklich gewesen. Auch mit mir. Vielleicht nicht immer, klar, Glück ist kein Dauerzustand, sonst könnte man es gar nicht mehr als Glück empfinden, nicht wahr, nur Unglück ist ein Dauerzustand, wie es scheint, kurzum, sie las ein solches Buch und konnte völlig unvermittelt zu mir sagen, sie wünsche keinen Grabschmuck und insbesondere keine Kränze und keine sogenannten Grabgestecke mit Tannenzapfen und so weiter, das alles sei schauderhaft. Geschmackliche Differenzen hatten wir selten und diesbezüglich nicht, und doch blieb mir die Sprache weg, wenn sie so redete. Wir tauschten jetzt erstmals die Rollen. Ich übte mich als Pessimist in Zuversicht und übernahm das positive Denken, und sie sah immer schwärzer, allerdings ohne zu klagen oder in Angst zu versinken, sondern ganz fatalistisch. Wahrscheinlich sterbe sie noch unterm Messer, sagte sie, obwohl sie darüber informiert worden war, daß operationsbedingte Todesfälle sogar bei dieser heiklen Art von Eingriff selten waren. Die Operationsletalität liegt nicht einmal bei zwei Prozent, doch meine Frau bestand darauf, zu diesen zu gehören. Als ich sie fragte, wie sie zu diesem Glauben komme, sagte sie: Der Stern will in mir bleiben, er wird sich wehren. – Mehr sagte sie nicht, mehr habe ich nicht aus ihr herausbringen können.

Es ist dann alles gutgegangen, sehr gut sogar. Man sprach von einem Idealfall, denn erstens war es dem Chirurgenteam gelungen, die Tumormasse vollständig aus dem Großhirn zu entfernen, und zweitens zeigte die Gewebeprobe, daß die Geschwulst zwar nicht absolut gutartig war, wohl aber, wie die Mediziner sagten, *noch* gutartig. Zu Komplikationen nach dem Eingriff kam es nicht, man durfte also ohne Übertreibung sagen, Bettina sei geheilt. So oft es ging, besuchte ich sie und hielt ihre Hand. Sie redete kaum, sie war unendlich matt, und dieser Mattigkeit schrieb ich es zu, daß ihr so oft die Tränen kamen und daß es ihr nicht gelang, sei es mit Worten, sei es mit ihren verschleierten Augen, Erleichterung und Freude auszudrücken. Du bist mir neu geschenkt, sagte ich zu ihr und war etwas betrübt, weil ihre Hand in meiner Hand fast leblos blieb.

Trat ich am Abend nach den Spitalbesuchen in unsere Wohnung, ging deren Leere in mich über. Ich saß verloren herum, und da ich unfähig war, mich sinnvoll zu beschäftigen, schaute ich stundenlang fern, empfänglich für den stupidesten Schmarren, ich hatte Angst vor dem Bett. Mein Schlaf war flach, fast nur ein Halbschlaf, aus dem ich manchmal aufschrak, geweckt von gemurmelten Liebesworten oder auch nur vom Namen Bettina, den ich, beiläufig erwähnt, immer besonders gern gehabt habe, da er so daunenweich klingt. Zwölf Jahre sind eine lange Zeit, und liegt man dann plötzlich allein im Bett, so ist es, als sei man sich selbst abhanden gekommen, als könne man selbst nicht mehr atmen, weil das Atmen des anderen fehlt. Und trotzdem glaube ich, daß wir einander nie zum Requisit geworden sind, denn dieses nimmt man für selbstverständlich und behandelt es achtlos. Die dumpfe Gewohnheit, die sich, ich gebe es zu, oft in die Ehen einschleicht und dazu führen kann, daß man sich kaum noch anschaut, hat uns, wer weiß warum, verschont. Ob du es glaubst oder nicht.

Warum sollte ich es nicht glauben? – Ich weiß ja, wie du über die Ehe denkst, sagte Loos, du hast dich klar genug dazu geäußert und mir den Standardseufzer deiner Klientel verraten: *Die Sache hat sich totgelaufen.* Du wirst den Satz auch außerhalb der Anwaltspraxis hören, im Rahmen deiner Eskapaden, und zwar von jenen Ehefrauen, die deinem Charme erliegen, weil sie in einer totgelaufenen Beziehung leben, von dieser Amelie zum Beispiel, von der du eben erzählt hast. So wirst du pausenlos bestärkt im Glauben an die Verkehrtheit der Ehe. – Erstens hat sie nicht Amelie geheißen, sondern Valerie, und zweitens hat sie die bestehende Beziehung nicht herabgesetzt, nicht als Rechtfertigung für ihr Verhalten benutzt, zumindest nicht mir gegenüber, sie hat überhaupt nicht darüber gesprochen, so oft ich auch versuchte, ihr etwas zu entlocken. Auch über ihren Mann erzählte sie fast nichts und also auch nichts Negatives, was mich ein wenig eifersüchtig machte – so übrigens wie die Vorstellung, sie könnte weiterhin, als wäre nichts geschehen, mit ihrem Musiker schlafen. Denn daß er Musiker, genauer Cellolehrer war, das wenigstens durfte ich wissen. Und daß er Felix hieß. Du siehst, dein Beispiel ist schlecht gewählt, ich gebe aber zu, daß du zum Teil auch recht hast: Tatsächlich bin ich Frauen begegnet, die nach dem ersten Kuß schon über ihre Ehe klagten und über ihre mangelhaften Männer. Das aber ist ein Warnsignal für mich: Wenn die Beziehung nämlich lottert und zugleich ein anderer Mann auftaucht, wächst bei der Frau der Mut zum Absprung sowie ihr Glaube, der andere sei ihr Sprungtuch und fange sie auf. Das ist nicht meine Rolle. Ich lehne es ab, als ernsthafte Alternative begriffen zu werden. Ich will mich spielerisch balgen und verschweige das keiner, und wenn sie trotzdem zu klammern beginnt, so breche ich ab. Im übrigen ist es nach meiner Erfahrung nicht so, daß nur unzufriedene, unausgefüllte Frauen in Versuchung geführt werden können. Ich habe ein anderes und gar nicht sehr seltenes Phänomen sowohl von außen beobachtet als manchmal auch selbst erlebt, ein Phänomen, das mir willkommen ist. Oft scheinen Frauen, die in festen Händen sind und sich darin durchaus geborgen fühlen, noch etwas anderes zu brauchen. Sie lieben ihren Mann als Ruhepol und empfinden die Ehe als Hort, als emotionales Festland, auf dem sie bleiben möchten. Und trotzdem fehlt ihnen etwas, trotzdem übt das offene, bewegte und unberechenbare Meer eine starke Anziehungskraft auf sie aus. Was spricht gegen ein aufregendes und nicht ganz ungefährliches Bad? Eigentlich nichts, solange das Festland in Sicht bleibt. Verstehst du, was ich sagen will? Die Bettflasche ist solide und strahlt gemütliche Wärme ab, romantischer und knisternder hingegen ist ein Feuer.

Ja, ich verstehe, sagte Loos, die Ehemänner sind die Flaschen und du der Feuerteufel. Was du behauptest, mag ja nicht ganz falsch sein, nur tust du so, als sei der Sprung ins wilde Meer ein typischer Frauentraum. Es gibt auch die gebundenen Männer, die ihre traute Frau und Hemdenbüglerin nicht missen möchten und sich trotzdem die Freiheit nehmen, auf einer zweiten und scheinbar aparteren Hochzeit zu tanzen. Ich selbst habe nie das Verlangen gehabt, mich anderweitig umzutun, und zwar aus dem einfachen Grund, weil meine Frau so reich und vielfältig war, daß mir nicht das Geringste abging, sie gab und war mir alles. Doch wie auch immer, was ich noch fragen wollte: In welche deiner zwei Seitensprunggruppen gehörte Valerie? Kam sie aus einer lotternden Ehe oder aus einer intakten? – Ich habe es nie herausfinden können, sagte ich, ich habe ja erwähnt, daß sie darüber nicht reden wollte. Es war überhaupt, als käme sie aus dem Nichts, als hätte sie kein Vorleben, keine Geschichte, und ich bin überzeugt, daß dies für sie das Reizvollste an unserer Affäre war. Ich merkte, wie sie es genoß, ein unbeschriebenes Blatt zu sein und mich, vielleicht auch sich, mit allem, was sie sagte, wünschte oder tat, zu überraschen. Ich glaube, sie wurde sich selber neu, indem sie spürte, wie spannend neu sie für mich war. Auch ich genoß es natürlich, eine Geliebte zu haben, die mich mit jeglichem Ballast verschonte und auch nicht das Bedürfnis hatte, unser Verhältnis zu definieren oder mich gar zu erschrecken mit Andeutungen punkto Zukunft. Eines Tages, etwa fünf Wochen, nachdem wir uns kennengelernt hatten, erschrak ich dann doch. Wir waren, da wir beide gern Tango tanzten, in einem Dancing gewesen, und ich fragte sie auf dem Heimweg zu mir, warum sie auf einmal mehr Zeit für mich habe und wie sie ihr häufiges Ausgehen zu Hause erkläre. Laß das meine Sorge sein, sagte sie schroff. Aber für einmal ließ ich nicht locker, bis ich von ihr erfuhr, daß sie zur Zeit bei ihrer Schwester wohne. Und da erschrak ich. Was konnte ich anderes daraus folgern, als daß sie meinetwegen weggegangen war von ihrem Mann? Wir hatten uns doch, wenn auch ohne Worte, darauf verständigt, es komplikationslos schön zu haben miteinander. Ich war der Meinung gewesen, auch Valerie verstehe unsere Beziehung als Romanze, genieße sie als solche und sehe ihretwegen keinen Anlaß, an ihrer Ehe zu rütteln. Ich machte ihr Vorhaltungen und nannte ihren Auszug einen Fehlentscheid. Ich fragte sie, warum sie das Bestehende gefährde und ihren Mann, von dem sie ja nie schlecht gesprochen hätte, einfach sitzenlasse. Alles klang so, als hätte ich mit ihm das brüderlichste Mitleid. Vermutlich durchschaute sie mich und erkannte den Grund meines Unmuts. Jedenfalls sagte sie, wie um mich zu beruhigen, es gehe um eine Trennung auf Zeit, um eine Atempause. Ich hatte sie schon einige Male gefragt, ob ihr Mann von uns wisse, und nie eine Antwort bekommen. Jetzt konnte ich annehmen, daß er im Bild war. Zur Sicherheit fragte ich nach. Sie fragte zurück, warum mich das so brennend interessiere. Ich wußte es nicht, ich glaube, es irritierte mich einfach, daß sie Bezirke absteckte, die für mich unbetretbar waren. Fast wütend heftig, ohne Vorspiel, schlief ich mit ihr an jenem Abend.

Loos gähnte und schaute auf die Uhr. Ich sehe, du langweilst dich, sagte ich zu ihm, und ich begreife es sogar. Du denkst an deine Frau, an ihren morgigen Todestag vielleicht, und ich martere dich mit Weibergeschichten und wärme Abgetanes auf. – Man wird noch gähnen dürfen, sagte Loos, das hat mit Sauerstoffmangel zu tun und nicht mit Desinteresse. Was dir belanglos erscheint, empfinde ich als Außenstehender und Amateur als spannend, gehst du zu Fuß nach Agra? – Es wird vernünftiger sein, warum fragst du? – Erstens weil die Belegschaft hier seit längerem auf unseren Aufbruch wartet, und zweitens weil ich dich begleiten möchte. Du bist mir schließlich noch die Fortsetzung sowie das Ende der Geschichte schuldig. – Gut, gern. Ich nehme an, du weißt, daß du mir auch noch etwas schuldest. – Eins nach dem andern, sagte Loos.

Ich holte meinen Regenschirm, den ich auf der Terrasse hatte stehenlassen. Loos, etwas schwankend, bat mich, ihn tragen zu dürfen, er brauche ein drittes Bein. Wir gingen durchs Dorf. Als wir die Metzgerei passierten, blieb Loos kurz stehn und sagte: Fleisch ist launisch. – Wie er das meine, fragte ich, er gab aber keine Antwort, er gab mir nach einer Weile das Stichwort zum Weitererzählen. – Ich fasse zusammen, sagte er: In dem Moment, wo Amelie sich etwas mehr Freiheit verschaffte, indem sie von zu Hause auszog, hast du die deinige bedroht gesehen, stimmt's? – Sie hieß zwar Valerie, sonst aber schilderst du den Sachverhalt korrekt. So sehr es mich auch freute, weit häufiger als vorher mit ihr zusammenzusein, so groß war meine Sorge, daß ihr gewichtiger Schritt das bisher so wunderbar Leichte plötzlich beschweren könnte. Für eine enge Bindung bin ich nicht geschaffen, in dieser Sparte bin *ich* der Amateur. – Bist du denn sicher, daß sie sich das ersehnte, was dir ein Graus ist? Gab es dafür noch andere Indizien als ihren Wohnungswechsel? Hat sie zum Beispiel von Liebe gesprochen? – Das nicht, sagte ich, sie hat alles zu tun und zu sagen vermieden, wovon sie zu ahnen schien, daß es mich hätte bedrängen können. Gerade das zeigte mir ja, wie viel ihr daran lag, mich nicht zu verlieren. Manchmal versagte sie sich mir, manchmal erschien sie nicht zu einem Rendezvous – beides ohne Begründung und beides, davon bin ich überzeugt, um mir entgegenzukommen, um Unabhängigkeit und Unverbindlichkeit zu demonstrieren. Es gab noch weitere Zeichen. Ich habe schon gesagt, daß Valerie am Anfang sehr wenig von sich preisgab und ihre Geschichte Geschichte sein ließ. Das störte mich nicht, im Gegenteil, wir lebten ja gegenwärtig wie alle Berauschten. Seltsam war nur, daß sie auch später, als wir uns nahezu täglich sahen, nicht viel gesprächiger wurde. Vielleicht, wie ich vermutete, auch darum nicht, weil ich ihr in der ersten Zeit zu erkennen gegeben hatte, wie erregend es für mich sei, eine verschleierte Frau zur Geliebten zu haben. Es könnte also sein, daß sie erregend für mich bleiben wollte, indem sie sich auch weiterhin verhüllte und verschwieg. Und schließlich gab es ein drittes Indiz. Nachdem der große Taumel, bei mir zumindest, abgeklungen war, veränderte sich Valerie ein wenig. Sie wurde ernster. Die weltvergessene Beschwingtheit, die ich an ihr so mochte, wirkte auf einmal etwas bemüht. Sie alberte nicht mehr gerne herum, und wenn, dann konnte es passieren, daß sie mir unvermittelt um den Hals fiel und ein paar Tränen vergoß. Kurzum, all das hat mir Sorgen gemacht, all das schien mir zu zeigen, wie unterschiedlich unsere Wünsche plötzlich waren. Und schon vernahm ich, wenn auch erst aus der Ferne, das alte und banale Lied: Dem Mann schwebt eine Affäre vor, die Frau will eine Beziehung. Ich könnte, wollte ich bösartig sein, das Liedchen weitersingen: Erfüllt sich ihr Wunsch nach Beziehung und Dauer, nach einem verläßlichen Partner, der ihr Geborgenheit gibt, dann wird ihr früher oder später etwas zu fehlen beginnen, etwas Gewürztes, Prickelndes, Heißes. Die Frau will immer beides, und der Mann, der ihr beides sein kann, sowohl ein geliebter Gefährte als auch ein begehrter Faun, muß erst noch geboren werden.

Du wiederholst dich, sagte Loos, und eine wiederholte Halbwahrheit wird nicht zur Wahrheit. Erzähl mir lieber noch, wie du das Unheil einer festen Bin-

dung abgewendet hast. Wie lange hat die lose überhaupt gedauert? – Ein knappes Vierteljahr, sagte ich,
und ungefähr zur Halbzeit, als ich zu merken glaubte, daß Valerie zu ernsthaft an mir hing, begann ich
mich rarer zu machen. Ich führte berufliche Gründe
ins Feld, wir sahen uns weniger häufig. Aber eigentlich war es, wenn wir uns sahen, nach wie vor schön,
vor allem in sinnlicher Hinsicht. Das hatte wohl
damit zu tun, daß ihr Körper das einzige war, woran
ich mich halten konnte, da sie ihr Wesen ja zum Teil
verbarg. Ihr Körper war faßbar, alles andere kaum,
und ihre Neigung, sich zum Geheimnis und also interessant zu machen, ging mir allmählich nur noch
auf den Wecker.

Du, sagte Loos, ich müßte schnell. – Ich eigentlich
auch, sagte ich. – Wir stellten uns, wie in der Nacht
zuvor, gemeinsam an den Wegrand. – Es gibt Blumen-
kelche, sagte Loos, die ungeöffnet bleiben, wenn sie
die Sonne nicht bescheint. Sie empfinden die Strahlen
als Zustimmung, als etwas Behütendes, und deren
Fehlen bewegt sie dazu, sich in sich selbst zurückzuziehen, sich gleichsam zu verhüllen. – Sehr poetisch, sagte ich, sehr metaphorisch, geht's auch direkter? – Ja, sagte Loos, es geht direkter: Mich erbarmt
diese Frau. – Erstens bin ich kein Unmensch, sagte
ich, und zweitens wußte sie genau, worauf und auf
wen sie sich einließ. Hätte sie einen sicheren Hafen
gesucht, dann wäre sie mir aus dem Weg gegangen.

Loos schwieg. Loos brauchte länger, ich ging ein
paar Schritte voraus. Als er mir nachkam – ich hörte
nur das helle Teck der Regenschirmspitze auf dem

Pflaster –, befiel mich für Sekunden Angst, ich fühlte mich verfolgt, abstruserweise, mir war, als drohe mir ein Schlag von hinten. Loos holte mich ein. Ich habe dich nicht attackieren wollen, sagte er, als wüßte er um meinen Anfall. Aber darauf bezog er sich nicht, denn er fuhr fort: Du hast mir Valerie nahegebracht, ähnlich wie deinen Freund Tasso, und zwar auf eine Weise, die Anteilnahme in mir weckte, das ist alles. – Dann bin ich beruhigt, sagte ich, ich habe dein Mitleid nämlich als Vorwurf empfunden, und vorzuwerfen habe ich mir wirklich nichts, es sei denn meine Feigheit: Zu lange habe ich gezögert, ihr klaren Wein einzuschenken, ihr zu sagen, daß eine Trennung für beide Teile besser wäre. Und selbst mein Zögern hatte Gründe. Ich wollte Rücksicht nehmen auf ihre nervliche Verfassung, und die war nie die beste und wurde im dritten Monat des Zusammenseins besorgniserregend schlecht. Weinkrämpfe, Schlaflosigkeit, Zuckungen der Augenlider und manchmal der Finger, es war eine ziemliche Qual. Natürlich fragte ich sie, ob sie die Ursache der Störungen kenne, und sie sprach von Problemen im Behindertenheim, von ihrer aufreibenden Arbeit, von gruppendynamischer Disharmonie und so weiter. Ich war der Meinung, sie müsse etwas unternehmen, sie müsse einen Psychiater konsultieren. Sie tat es nach langem Sträuben. Der Arzt empfahl ihr einen Aufenthalt im Kurhaus Cademario, im Juni reiste sie hin. Von Zeit zu Zeit rief ich sie an, sie wirkte eher kühl und sagte nie, daß ich ihr fehle – ein Umstand, der mich ebenso erleichterte wie ihre Mitteilung, es gehe ihr täglich besser.

Ich nahm jetzt eigentlich an, daß sie dank der Distanz von mir und dank der entspannenden Alltagsferne zur Selbstbesinnung gekommen war, das heißt zur Einsicht, daß eine Trennung fällig war. Sie einvernehmlich zu vollziehen hielt ich für möglich, und in der dritten, letzten Woche ihres Aufenthalts hab ich mich dazu aufgerafft. Zu warten, bis Valerie zurückkam, schien mir ein wenig bequem und auch nicht unbedingt ratsam, weil man befürchten mußte, daß in der alten und gewohnten Sphäre der Mut zum Schlußstrich wieder sinken könnte. Am Vortag des Besuchs rief ich sie an, sie freute sich auf mich – mehr als mir lieb war.

Ich reiste also hin und traf am Nachmittag, so gegen vier, in Cademario ein. Sie saß auf der Terrasse des Kurhaus-Restaurants und trank Kaffee mit einer äußerst attraktiven Frau in weißer Arbeitskleidung. Valerie wirkte entspannt, begrüßte mich zärtlich und stellte mir Eva vor, eine Atemtherapeutin, mit der sie recht vertraut schien und die sich gleich zurückziehen wollte, was Valerie nicht zuließ. Sie sagte scherzhaft zu ihr, ich könne schwer allein sein, sie, Eva, solle mir Gesellschaft leisten, während sie selbst, da sie ja ausgeführt werde, uns jetzt verlasse, um sich zurechtzumachen für den Abend. Ich unterhielt mich glänzend mit Eva, in zwanglos lockerstem Ton, sie war exakt mein Typ. Sportlich, spritzig, sexy. Ich bin ja einiges gewohnt, doch daß es so rasch funkte, erstaunte mich trotzdem ein wenig. Eva ließ ihre Katzenaugen blitzen, unzweideutig, ich bin nicht blind. Und da ich auch nicht blöd bin, sagte ich zu ihr, es sei ein Jammer, daß ihre Kaffeepause schon bald ende. Sie könne mir den Jammer nicht ersparen, sagte sie, hingegen hätte sie anderntags frei, ob ich dann noch in der Gegend wäre. Ich sagte, ich hätte geplant, am Morgen heimzufahren, sei aber notfalls bereit, den Plan zu revidieren. Hier, für den Notfall, sagte sie, gab mir ein Visitenkärtchen und verließ die Terrasse elastischen Schritts. Du wirst dich wundern, wie ungeniert sich Eva an mich herangemacht hat, obwohl sie mit Sicherheit wußte, daß ich mit Valerie liiert war. Ich selber wunderte mich kaum, in diesen Dingen kennen Frauen nämlich keine Skrupel, ich habe das oft beobachten können. Sobald ein Mann ihr erotisches Interesse erregt, so wird ihr dessen Partnerin zur Quantité négligeable beziehungsweise zur Rivalin. Die weibliche Natur weiß nichts von schwesterlicher Rücksicht.

Schwer atmend blieb Loos stehen, in leicht gebeugter Haltung mit beiden Händen auf den Regenschirm gestützt, und da es totenstill war, hörte ich, wie er ein paarmal die Zähne aufeinanderschlug. Geht's dir nicht gut? fragte ich. Doch, doch, sagte er, es strengt mich nur ein wenig an, dich zu bewundern. Du hast in brüderlicher Rücksicht auf Valeries Mann gehandelt, als du nach seiner Frau gegriffen hast. Du hast mit Eva, als Valerie dabei war, sich schön für dich zu machen, mit hundert Skrupeln angebandelt. Die männliche Natur ist einfach nobler, komm, gehen wir, es ist fast Mitternacht.

Nun ja, sagte ich, ich gebe zu, ganz astrein war die Flirterei mit Eva nicht, im übrigen ist nichts daraus geworden als eine heiße Schäferstunde am anderen Nachmittag, mehr hat sie offenkundig nicht gewollt. Ich habe sie manchmal noch angerufen und ein Wiedersehn angeregt, doch meine Vorschläge paßten ihr nie, und die Sache versandete still. – Und wie ging es mit Valerie weiter, fragte Loos, wie verlief der Abend mit ihr? – Gedämpft, sagte ich, obwohl sie fröhlich war wie in der ersten Zeit und überhaupt restlos erholt schien. Nur etwas war lädiert, was mir erst aufgefallen ist, als sie auf die Terrasse zurückkam. Ihr Ringfinger steckte in einem Verband, sie war, wie sie erzählte, auf einem Waldspaziergang dumm über einen Ast gestolpert, wobei es zum Fingerbruch kam, und zwar schon in der ersten Woche. Auf meine Frage, warum sie über ihren Unfall in keinem unserer Telefonate auch nur ein Wort verloren habe, erklärte sie nur, sie habe nicht wehleidig tun wollen. Wir fuhren plaudernd nach Agra, mit einer Unterbrechung in Agno, wo ich den Wagen auftanken ließ und Valerie sich Zigaretten und eine Frauenzeitschrift kaufte. In meinem Haus roch es ein wenig muffig, die Luft war dumpf, ich öffnete Läden und Fenster. Valerie umarmte mich. Ich sagte, ich müsse noch schnell einen geschäftlichen Anruf tätigen, schenkte ihr einen Cynar ein und ging in den Garten, von wo aus ich meine Sekretärin anrief, um sie zu bitten, die zwei Termine zu verschieben, die ich vereinbart hatte für den andern Tag. Als ich zurückkam, saß Valerie auf dem Sofa und blätterte in ihrer Zeitschrift. Sie fragte, ob ich wisse, wie lange eine Stubenfliege höchstens lebe. Nein, sagte ich. – Nur sechsundsiebzig Tage, sagte sie. – Ich sagte, verglichen mit der Eintagsfliege sei das ein beachtliches Alter. – Sie stand auf und umarmte mich wieder. Du fremdelst, sagte sie, was ist? – Nichts, sagte ich, ich bin ein wenig gestreßt. – Sie fragte, ob sie mich massieren solle. Ich sagte, ich sei hungrig. Wir fuhren hinunter zum Bellevue. Sie aß mit Appetit, ich eher würgend, und sie erzählte lebhaft von ihrem Aufenthalt im Kurhaus, auch davon, daß sie sich mit Eva ein wenig angefreundet habe. Wie Eva mir gefalle? Ich sagte, ich fände sie ganz nett, und dabei kam mir plötzlich ein Verdacht.

Ich weiß, was du meinst, sagte Loos, ich hatte ihn auch Momente lang, ich glaube aber, daß Valerie, so wie ich sie durch deine Schilderungen kenne, nicht fähig gewesen wäre, an Hinterlist auch nur zu denken. Sie hätte Eva nie gebeten, als Lockvogel aufzutreten, um deine Treue zu testen. – Dein Röntgenblick ist furchterregend, sagte ich, tatsächlich war dies mein Verdacht, und so wie du hab ich ihn sofort verworfen. Kurz und gut, ich hatte eigentlich vorgehabt, das Gespräch auf unser Verhältnis zu bringen und Valerie so schonend wie möglich zu sagen, daß es für mich nicht mehr stimme und daß ich den Eindruck hätte, für sie der Falsche zu sein und ihr das schuldig zu bleiben, was sie von mir erwarte. Ich schaffte es nicht. Sie war so lieb und munter, ich schaffte es nicht, ich wartete und gab mich absichtlich wortkarg, in der Hoffnung, sie frage mich ein zweites Mal, was mit mir los sei. Sie fragte nicht. Ich brachte sie, so gegen zehn, zurück nach Cademario.

Sie summte während der Fahrt. Ich ging mit ihr aufs Zimmer, sie wollte, daß ich es sehe. Auf einem Tisch stand eine Flasche Rotwein mit zwei Gläsern, daneben ein Fernsehgerät, von Valerie mit einem kleinen Tuch verdeckt. Sie öffnete die Flasche, was ich sonst immer besorgte, und schenkte die Gläser voll. Sie setzte sich aufs Bett, ich wählte den Sessel. – Auf uns zwei! sagte sie, nahm einen Schluck, stellte das Glas auf den Nachttisch und legte sich hin. Valerie …, sagte ich. – Thomas, sagte sie schüchtern, komm noch ein bißchen zu mir, ich meine in den Kleidern, einfach so. – Ich konnte mich nicht rühren, sie setzte sich auf. Ich werde es verkraften, sagte sie. Ich fragte: Was denn? – Das, was du mir eröffnen möchtest, sagte sie. – Dann hörte sie mir zu, gefaßt, nur manchmal zitterte ihr Kinn. Sie nickte, als ich fertig war, als sei sie einverstanden. Sie fragte nichts. Mit leiser, fast unhörbarer Stimme sagte sie: Ich fühle mich armselig. – Nach einer Weile stand sie auf und öffnete die Tür. – Flieg! sagte sie.

Das war's, wir haben uns nie mehr gesehen und nie mehr etwas gehört voneinander. Ich sage das ohne Bedauern und gehe davon aus, daß Valerie die Trennung rasch verwunden hat, sonst hätte sie sich kaum so konsequent zurückgezogen, sondern noch eine Zeitlang Terror gemacht. – Vielleicht ist sie zurückgekehrt zu ihrem angestammten Ankerplatz? sagte Loos. Kann sein, sagte ich, es soll ja Männer geben, die ihre Frauen tröstend in die Arme nehmen, wenn sie nach einer bitteren Enttäuschung verweint nach Hause kommen. – Hatte sie eigentlich Kinder?

fragte Loos. – Nein, sagte ich, sie hat nie welche gewollt. Die Welt sei voll genug, hat sie einmal gesagt, und jeder neue Fußballfan sei einer zuviel. Das hat sie natürlich als Scherz gemeint, weil sie wußte, daß ich einer bin. Die wahren Gründe hat sie wie üblich verschwiegen. Warum fragst du? – Um mein Bild abzurunden, antwortete Loos. – Vergebliche Liebesmüh, sagte ich. Wenn ich mir schon kein Bild machen kann von dieser letztlich ungekannten Frau, wie willst du dann dein Bild abrunden? – Auch Leerstellen gehören zum Text, sagte Loos, und wenn es so ist, wie du meinst, dann runde ich halt ein Phantombild ab.

Zwölf war vorüber, als wir mein Haus erreichten. Ich war nicht müde und regte noch einen Schlummertrunk an. Loos sträubte sich nicht. Ich machte Feuer im Kamin, er stand sinnierend daneben. Er zeigte auf das Sofa und fragte, ob dies das Todeslager Tassos sei. Es sei am gleichen Ort gestanden, sagte ich, man habe es entsorgen und verbrennen müssen damals. Ich rückte die zwei Sessel zum Kamin, füllte die Cognacgläser und fragte, worauf wir noch anstoßen könnten. Auf die Geisterstunde, sagte er. – Ob er an Geister glaube, fragte ich. Er starrte in die Flammen und äußerte sich nicht. Ich schaute sein Gesicht an, das sich, flackernd beleuchtet, fortwährend zu verändern schien. Er sagte plötzlich, daß ihn das offene Feuer an eine Ballade erinnere, sie heiße *Die Füße im Feuer*, ob ich sie kenne. – Wir hätten sie einmal in der Schule gelesen, sagte ich, worum es gehe, sei mir nicht mehr gegenwärtig bis auf ein Detail, das mich beeindruckt haben müsse. Ob darin nicht ein Mann vorkomme, der über Nacht aus irgendeinem Grund komplett ergraut sei? – Ein Detail sei das nicht, sagte Loos und starrte weiter. Ich bat ihn, mir den Inhalt der Ballade zu erzählen. Er schüttelte den Kopf. Wenn er allein sein möchte, sagte ich, so zöge ich mich zurück, ich wisse ja, woran er denken wolle. Er könne auch hier übernachten, im Sessel oder auf dem Sofa. Er sagte leise, er sei es mir jetzt schuldig, mir endlich mitzuteilen, was sich vor einem Jahr ereignet habe, zumindest das, was seine Seele festgehalten habe. Die Zeit bis zur Entlassung seiner Frau aus dem Spital sei leer gewesen und wie stillgestanden. Daß sie vergehe, habe er nur noch am langsam sich füllenden Mülleimer erkannt. Sein Glück sei groß gewesen, als Bettina heimgekehrt sei, und doch auch wieder getrübt durch die Aussicht, sie nochmals ent-behren zu müssen, denn ein Erholungsurlaub sei unabdingbar gewesen. Da eine Nachbehandlung mit Strahlentherapie et cetera sich gottlob erübrigt habe, sei ihr der Ort ihres Aufenthalts freigestellt worden. Sie habe diverse Prospekte studiert, auch einen des Kur- und Wellneßhotels Cademario, und weil sie sich daran erinnert habe, daß sie und er anläßlich ihres Hesse-Wochenends in Montagnola vom Belle-vue-Zimmer aus, eng aneinandergeschmiegt, zusam-men über das Tal geschaut hätten, über den glitzern-den See hinüber zur Hügelkette und zum hoch oben eingebetteten Dorf samt seinem wuchtigen Kur-haus –, weil sich Bettina daran erinnert habe, sei sie sofort entschieden gewesen. Er aber habe Bedenken geäußert, ihm wäre es lieber gewesen, sie in größerer Nähe zu haben, um sie so häufig wie möglich besuchen zu können. Sie habe darauf gemeint, daß es am schönsten und einfachsten wäre, wenn sie zusammen in den Urlaub fahren könnten. Er habe unverzüglich mit dem Rektor der Schule gesprochen und um Urlaub für eine Woche nachgesucht, der ihm gewährt worden sei, natürlich unter der Bedingung, die ausfallenden Stunden nachzuholen. Bettina habe sich gefreut, so wie sie überhaupt von Tag zu Tag und trotz gelegentlicher Mattigkeitsanfälle frohmütiger geworden sei. Das Wort *frohmütig* klinge zwar altertümlich, aber es passe. Sie hätten also gebucht, ein Doppelzimmer mit Südsicht und Balkon, und zu Beginn der zweiten Juniwoche seien sie abgereist, mit dem Auto, um freier zu sein. Er müsse mir das Kurhotel nicht schildern, auch nicht die überwältigende Aussicht, die sich von ihm aus biete, ich hätte ja beides gesehen. Sie seien auf ihrem Balkon gestanden, die Arme aufgestützt auf dem Geländer, und hätten ins Weite geschaut, mit leichtem Schwindel auch in die Tiefe. Für Lebensmüde, habe Bettina gesagt, sei das Geländer, das ihr nicht einmal bis zum Bauchnabel reiche, eine gefährlich niedere Schwelle. Er habe entgegnet, daß man in einem Wellneßhotel nicht unbedingt mit Lebensmüden rechne. Sie habe ihm recht gegeben und seine Hand genommen. Sie seien auf dem Balkon gestanden und hätten sich wie neuvermählt gefühlt. Die erste Nacht sei dann auch wirklich die reinste Hochzeitsnacht geworden, zumindest partiell. An dieser Stelle müsse er, so peinlich es ihm sei, auf eine Art Krankheit zu sprechen kommen, die ihn bis heute bedränge. Er leide unter Bruxismus.

Loos nahm ein Schlücklein Cognac, ich sagte: Nie gehört, ein Männerleiden? – Er schüttelte den Kopf. Bruxismus sei der Fachausdruck für nächtliches Zähneknirschen oder genauer gesagt: für das Zähneknirschen im Schlaf. Er merke kaum etwas davon, zeitweise bleibe es auch aus, zeitweise sei es allerdings stark, dann könne es geschehen, daß ihn sein Knirschen wecke, daß er am Morgen Kieferschmerzen habe, Kaumuskulaturbeschwerden, manchmal auch Ohrenweh. Und ausgerechnet damals, in Cademario, sei das Geschick so tückisch gewesen, ihm eine Phase ausgeprägten Knirschens zu bescheren, so ausgeprägt wie nie zuvor. Das Knirschen allein wäre wahrscheinlich erträglich gewesen, es sei kein lautes Geräusch, aber bei ihm alterniere es leider recht häufig mit Schnarchen. Und beides zusammen sei für die Mitwelt natürlich zermürbend. Bettina habe kaum ein Auge zugetan in jener ersten Nacht und sei gerädert gewesen. Sie hätten das Problem besprochen. Für ihn sei klar gewesen, daß seine Knirsch- und Schnarchaktivität Bettinas Schlaf und damit ihre Erholung gänzlich verhindern würde, weshalb er vorgeschlagen habe, in getrennten Zimmern zu schlafen. Bettina habe sich zuerst gewehrt und schließlich traurig zugestimmt. Er habe sich um ein Zimmer bemüht, um ein Einzelzimmer natürlich, und ärgerlicherweise sei keines mehr frei gewesen. Ein zweites Doppelzimmer zu mieten sei aber angesichts des Preises fast nicht in Frage gekommen.

Beratschlagend seien sie auf dem Balkon gestanden, da habe seine Frau den Arm gehoben, zur jenseits des Tals gelegenen Erhebung der Collina d'oro gezeigt und ›geh doch in unser Bellevue‹ gesagt. Das habe ihm eingeleuchtet, trotz der Luftliniendistanz von gut vier Kilometern, durch die sie während ihres Schlafs getrennt sein würden. Sie hätten diese Lösung nicht bereut, im Gegenteil, das abendliche Abschiednehmen, das morgendliche Wiedersehen und sich Wiederfinden, das sei etwas Besonderes gewesen und habe das Verbundenheitsgefühl intensiviert. Fast könne man von einem zweiten Liebesfrühling sprechen, was zwar insofern nicht ganz angemessen sei, als es in ihrem Eheleben kaum je geherbstelt habe. Kontakte zu anderen Gästen hätten sie nicht geknüpft, sie hätten einander genügt und seien stundenlang durch Kastanienwälder und Birkenwälder gewandert, natürlich mit Ruhepausen. Einmal habe Bettina gesagt, sie habe ein wenig Angst vor der Rückkehr in die wirkliche Welt. Er habe entgegnet, auch Birkenwälder gehörten zur wirklichen Welt. Schon, habe sie gesagt, nur höre man den Kriegslärm nicht in ihnen. Sie habe damit angespielt auf den damals tobenden Kosovo-Krieg, von dem sie tief entsetzt gewesen sei. Weißt du, habe sie weiter gesagt, ich empfinde die Untaten dort wie Schläge auf den eigenen Kopf, die mich betäuben und mir darum die Klarsicht rauben. – Er habe gesagt, so gehe es vielen, und das sei achtbar und trotzdem gefährlich, da unsere Betäubung die Täter stärke. Dann könne man also sagen, habe Bettina gemeint, daß Ratlosigkeit eine anständige Antwort auf den verheerenden Irrsinn sei und zugleich eine unanständige. Es scheine so, habe er zu ihr gesagt. Sie habe ihn heftig umarmt und an sich gedrückt, wie um zu zeigen, daß es auf Erden auch noch ganz Einfaches gebe.

Er habe Bettina zweimal ausgeführt und auf der Bellevue-Terrasse einen Bianco di Merlot mit ihr getrunken. Sie glaube, habe sie gesagt, daß er von hier aus, noch besser von seinem Zimmer aus, hinübersehen könnte auf ihren Kurhaus-Balkon, zumindest mit einem Fernrohr, zumindest, wenn sie mit ihrem weißen Bademantel Winkzeichen geben würde. Im Bewußtsein, ein wenig närrisch zu handeln, habe er in Lugano ein kleineres Fernrohr gekauft. Am Morgen des vierten Tages, punkt neun Uhr, die Luft sei klar, das Kurhotel besonnt gewesen, habe der Test stattgefunden und erregenderweise geklappt. Er habe ihn deutlich gesehen, den weißen Bademantel Bettinas, deutlich, wenn auch nur wenig größer als ein Taschentuch. Dann sei er hinübergefahren, wie jeden Morgen, um mit Bettina das Frühstück einzunehmen. Sie sei noch nicht angezogen gewesen, er habe einmal mehr gestaunt, wie zauberhaft sie ausgesehen habe in ihrem weißen Bademantel und ihrem turbanartig arrangierten und orangefarbenen Kopftuch. Mit kindlicher Freude habe sie auf seine Meldung reagiert, daß er ihr Winken deutlich habe sehen können, und die Freude in ihren Augen vergesse er nie. Kein Tal, so habe er damals gedacht, kein Tal sei breit genug, um ihn von Bettina zu trennen. Sie hätten, während sie sich angezogen habe, abgemacht, das Winkspiel anderentags zu wiederholen, wieder um neun, nach ihrem Bad, Bettina sei ja jeden Morgen um halb neun ins Hallenbad schwimmen gegangen. Dann hätten sie gefrühstückt, der Rest des Tages aber sei ihm nicht mehr erinnerlich.

Sehen Sie, sagte Loos und wandte den Blick erstmals vom Feuer weg zu mir, sehen Sie jetzt, wie recht ich hatte: An Pfingsten züngeln die Flammen. – Thomas, sagte ich, wir duzen uns. – Er hörte mich nicht, er starrte bereits wieder in den Kamin. Minuten vergingen. Frische Himbeeren, sagte er plötzlich, Himbeeren, daran erinnere ich mich, die gab es am Abend zum Dessert. – Ich weiß, sagte ich, deine Frau hat sie als Vorspeise bestellt, da sie befürchtete, sie könnten, bevor sie mit dem Hauptgang fertig war, schon von den anderen aufgegessen sein. – Einen Dreck weiß er, murmelte Loos. – Obwohl mir klar schien, daß er, wahrscheinlich ohne es zu merken, etwas Gedachtes laut ausgesprochen hatte, war ich ziemlich perplex und konnte mir seine Grobheit so wenig erklären wie seine Rückkehr zum Sie. Wieder vergingen Minuten. Er sank zusehends in sich zusammen. Ich stand auf und holte ein Glas Wasser für ihn. Handschellen hättest du bringen sollen, sagte er, bevor er das Wasser trank. – Für mich oder dich? fragte ich. Für mich natürlich, sagte er. – Ich fragte, was er denn verbrochen habe. Er schwieg. Sein Körper straffte sich. Dann sagte er: Verzeih, ich war ein wenig durcheinander, es geht schon besser, ich kann jetzt, glaube ich, abschließen, du brauchst kein Scheit mehr aufzulegen, ich mach es kurz.

Wir saßen nach dem Abendessen noch lange auf dem Balkon. Was wir geredet haben, weiß ich nicht mehr, ich weiß nur noch, daß meine Frau beim Abschied weinte. Ich sagte, ich käme ja in Kürze wieder. Sie könne nicht getröstet werden, sagte sie, sie weine nämlich vor Glück. Am anderen Morgen, einem Freitag, es war der elfte Juni, stand ich zeitig am Fenster. Der Tag war wieder klar, das Fernrohr auf dem Stativ, die Linse scharf. Vor lauter Furcht, Bettinas Auftritt zu verpassen, begann ich schon um zehn vor neun zu schauen. Um neun war ich bereits ein wenig ungeduldig, da sie nicht auf den Glockenschlag erschien. Sie war sehr pünktlich sonst. Es wurde fünf nach neun und zehn nach neun, kein weißer Bademantel winkte. Obwohl ich mir natürlich sagte, daß sie verschlafen haben könnte, daß sie im Hallenbad vielleicht noch aufgehalten wurde von einer Plauderei, daß sie die Abmachung vielleicht sogar vergessen hatte, wurde ich ständig nervöser. Ich rief sie an in ihrem Zimmer, sie meldete sich nicht. Ich wartete bis halb zehn, versuchte sie nochmals anzurufen, erfolglos, und fuhr dann halb verärgert, halb besorgt hinüber und hinauf zum Kurhaus. Ihr Zimmer war abgeschlossen, ich klopfte eine Weile – nichts. Dann warf ich einen kurzen Blick ins Hallenbad, zur Sicherheit auch in den Fitneßraum. Da sie auch nicht auf der Terrasse saß und nicht im Speisesaal, begann ich sie im Park zu suchen, am Außenpool, sogar im verglasten Kakteen-Haus. Nichts. Ich eilte ins Haus zurück und stieg die Treppen hoch und klopfte nochmals an Bettinas Zimmertür. Dann ging ich an die Rezeption und fragte atemlos nach meiner Frau. Die zwei Damen schauten sich an und sagten beide: Da sind Sie ja endlich! – Mit leiser Stimme bat mich die eine nach hinten in ihr Büro. Sie sagte, man habe mich nicht benachrichtigen können, es habe niemand gewußt, wo ich wohne. Es falle ihr schwer, mir sagen zu müssen, daß meine Frau verunglückt sei, im Hallenbad, um halb neun. Sie sei auf dem Beckenrand ausgerutscht und unglücklich gestürzt, vermutlich aufgeschlagen mit dem Hinterkopf, sonst wäre sie nicht bewußtlos gewesen. Es müsse nichts Schlimmes sein. Man habe sie ohne Verzug nach Lugano gebracht, ins Ospedale Civico, ob ich gleich anrufen wolle. Ich fahre hin, sagte ich und ließ mir, ohne folgen zu können, die Lage der Klinik beschreiben. Nach längerer Irrfahrt traf ich dort ein, so gegen zwölf. Man führte mich in die Intensivstation. Bettina hatte, wenn auch bewußtlos, gewartet. Erst als ich bei ihr war und ihre Hand in meiner lag, schloß sie die Augen. Mit dem Erkalten ihrer Hand erkaltete auch ich. Nur daran kann ich mich erinnern. An alles andere nicht mehr. Was zu veranlassen war, zu ordnen und zu regeln war, tat ich mechanisch. Zwei Wochen vergingen, bis die Gefühlstaubheit wich. Und das geschah, als ich zum ersten Mal Bettinas Kleiderschrank aufmachte. Der Anblick ihrer Kleider, der Röcke, Blusen, Jacken, die tot und doch erwartungsvoll an ihren Bügeln hingen, erlöste mich, ich spürte, wie der gefrorene Klumpen in mir sekundenschnell schmolz. Und wenig später entdeckte ich im Abstellräumchen neben dem Zimmer Bettinas drei neue, noch ungebrauchte blaue Koffer, die ich noch nie gesehen hatte. Ich konnte mir weder ihr Dasein erklären noch meine große Bewegung bei ihrem Anblick.

Loos schwieg. Ich fragte leise, woran Bettina gestorben sei. – Ihr großes Kopftuch, sagte er, obwohl zu einer Art Turban getürmt, habe den Aufprall zu wenig gedämpft, man gehe von einer Gehirnblutung aus, was zwar nicht verifiziert worden sei. Er habe eine Autopsie verweigert. Den Körper seiner Frau vor fremden Händen zu schützen sei ihm weit wichtiger gewesen, als den Grund ihres Todes zu kennen.

Thomas, sagte ich, das alles tut mir sehr sehr leid, ich hoffe als Freund, wenn du mir diese Bezeichnung gestattest, daß du endlich darüber hinwegkommst. – Ich bin schon fast soweit, sagte Loos und stand auf. Im übrigen bist du der erste und der einzige, der meine Geschichte vernommen hat, dies nur ganz nebenbei, jetzt aber mache ich mich auf den Weg. – Du, sagte ich, ich möchte nicht lästig sein, aber ich sähe dich gern noch einmal, nur schnell, ich hole am Morgen den Wagen. – Loos überlegte. Ich schlafe aus, sagte er, ich werde um elf auf der Terrasse sitzen, sofern es die Umstände erlauben. – Ich komme, sagte ich, ich freue mich.

Ich begleitete ihn bis zum Gartentor, wo er unschlüssig stehenblieb. Ich sagte: Also, bis morgen, und gute Träume heute nacht. – Er schien mich nicht zu hören, schien auch die Hand nicht zu sehn, die ich ihm geben wollte. Der Mond war weg, die Stille groß. Man hörte nur das leise Rauschen der Bambushecke neben uns sowie – es tönte ziemlich schaurig – das Aufeinanderschlagen von Zähnen. – Ob etwas nicht stimme, fragte ich Loos, ob er nicht doch hier übernachten wolle. – Sie haben mir geholfen, danke, sagte er. – Inwiefern denn? fragte ich. – Du hast mir sehr geholfen, sagte er. – Ich habe dir gern zugehört, du brauchst mir nicht dafür zu danken, und daß dich das Reden, wenn ich dich richtig verstehe, erleichtert hat, das finde ich schön. – Loos trat einen Schritt auf mich zu und sagte mit gepreßter Stimme und nahe an meinem Ohr: Leg dich ins Bett mit deiner Fehldeutung, und vergiß nicht, die Tür zu verriegeln.

Dann wandte er sich ab, grußlos, und verschwand in der Dunkelheit.

III

Obwohl ich noch fast eine Stunde lang vor der erkaltenden Asche saß, blieb mir sein sonderbarer Abgang unerklärlich. Ich konnte lediglich vermuten, daß Loos durch das erzählende Vergegenwärtigen des tragischen Geschehens in einen Zustand geraten war, in dem sich das innere Aufgewühltsein als Verhaltensverwirrtheit ausdrückte. Wenn dem so war, so schien es aussichtslos, sein Benehmen zu deuten und einen Sinn in seinem Schlußwort zu finden.

Ich ging zu Bett. Loos kreiste weiter. Ich hätte ihn gern, um endlich zur Ruhe zu kommen, endgültig für verrückt erklärt. Die Handschellen fielen mir ein. Wenn einer in Handschellen gelegt werden will, so hat er Schuldgefühle. Wenn einer Schuldgefühle hat, so hat er Schuld auf sich geladen. Er muß kein Mörder sein. Er muß die Frau im Hallenbad nicht durch Ertränken getötet haben. Sie muß gar nicht im Hallenbad verunglückt sein. Sie ist nie ausgerutscht. Loos hat sich eine Todesversion zurechtgelegt, die ihn entlastet. In Wahrheit war es so: Er hat zu viel getrunken und in einer der steilen Haarnadelkurven auf der Straße nach Cademario die Herrschaft über den Wagen verloren. Todesfolge für seine Frau. Zum Beispiel. Zum Beispiel auch: Er sitzt im Kurhauszimmer, und sie steht draußen auf dem Balkon. Er sieht vom Sessel aus: Sie beugt sich über das Geländer, mehr und mehr, und er springt auf und schreit: Bettina! – und sie fällt im Moment seines Schreis. Und seither Schuldgefühle und Verrücktheit. Klar. Vergiß nicht, die Tür zu verriegeln! Das heißt: Schütz dich vor mir, ich bin ein Verbrecher! Klar. Leg dich ins Bett mit deiner Fehldeutung! Das heißt: Wie könnte ich erleichtert und befreit sein, wo ich die Wahrheit doch für mich behalten habe. – Nur eines bleibt unklar: Warum und wofür hat Loos mir gedankt? Womit könnte ich ihm geholfen haben? Ich frage ihn nochmals, morgen. Er hat sich mir umfassend anvertraut, als einzigem, wie er sagte. Er mag mich. Warum sollte er mich belügen? Was hätte er davon? Ein Badeunfall mit Todesfolge: Was soll daran denn unglaubwürdig sein? Bettina wird ins Krankenhaus gebracht und stirbt. Kein Kurhotel der Welt wird einen solchen Vorfall an die große Glocke hängen. Vorzeitig abgereist, heißt es, wenn jemand nachfragt. Ich möchte endlich schlafen. Loos mag gestört sein oder nicht, ich möchte schlafen. Oder Franziska anrufen, sie wäre vom Fach, sie hat einmal behauptet, daß jeder Mensch, was seinen Seelenzustand betreffe, die grüne Grenze zwischen krankhaft und normal mehrmals pro Tag überschreite. – Absurd. Als ob wir alle mit einem Bein im Tollhaus stünden, gute Nacht!

Pfingstsonntag: Nach miesem Schlaf, ich habe wirr und hirnverbrannt geträumt, bin ich um neun Uhr aufgestanden. Es ging mir besser als am Vortag, ich hätte jetzt arbeiten können und ärgerte mich über den Elfuhrtermin. Den hatte ich mir, was mich jetzt wunderte, einfach so eingebrockt, ohne auch nur einen Moment lang an meine Pflicht und mein Projekt zu denken. So hatte Loos mich vereinnahmt. Ich spürte Überdruß, Loos-Überdruß. Es ging mir, wie es mir oft mit One-Night-Bekanntschaften geht. Ich fühle mich, von Wein und Lust belebt, für ein paar Stunden ausgefüllt und irgendwie weltfern, und wenn ich am Morgen erwache, weil mich ein fremder Frauenfuß anstößt, zuck ich vor Schreck und Überdruß zurück.

Es änderte sich alles wieder, als ich unter milchigem Himmel hinunter zum Bellevue spazierte. Ich merkte, daß ich mich freute. Mein Vorsatz, nicht länger als eine halbe Stunde zu bleiben, machte dem Wunsch Platz, mit Loos zusammen zu essen und noch einmal, solange er es wollte, in seiner Nähe zu sein.

Ich setzte mich an unseren Tisch auf der Terrasse. Es war fast elf und Loos noch nicht in Sicht. Die Fenster seines Zimmers standen offen, ein Zeichen, daß er wach war. Ich bestellte einen Campari. Loos ließ sich Zeit, ich reinigte die Brille. Von Zeit zu Zeit sah ich die gelbliche Fassade hoch, im Fenster regte sich nichts. Vielleicht war er ins Freie gegangen. Der Kellner begann die Tische zu decken. Es war ein anderer als an den beiden Abenden zuvor. Nach einer halben

Stunde ging ich ins Restaurant, es war ja möglich, daß Loos vergessen hatte, wo wir uns treffen wollten. Er saß nicht da. Als ich zu meinem Tisch zurückkam, war mein Glas abgeräumt. Der Tisch sei leider reserviert, ab zwölf Uhr, sagte der Kellner. – Für zwei Personen? fragte ich. Er nickte irritiert. Ich sagte, ich sei eine davon, so überzeugt war ich, daß Loos für uns vorgesorgt hatte. Ach so, sagte der Kellner, und ich setzte mich wieder und bestellte noch einen Campari. Mit wachsender Ungeduld schaute ich hoch zu Loos' Fenster. Plötzlich erschien eine Frau in ihm und schüttelte kurz einen Staublappen aus. Im Zimmer war Loos also nicht. Um zwölf kam der Kellner zu mir, gefolgt von einem älteren Paar, und fragte, auf welchen Namen mein Tisch reserviert worden sei. Loos, sagte ich, Herr Loos ist Hotelgast hier. – Moment, sagte der Kellner, eilte weg, kam eilend zurück und sagte, daß auf den Namen Loos nichts reserviert sei. – Sonderbar, sagte ich, vielleicht ein Mißverständnis, entschuldigen Sie. – Ich nahm mein Glas. Seitlich oberhalb der Terrasse, auf dem Niveau der Eingangstür zum Restaurant, gab es zwei ungedeckte Tischchen aus Granit. Ich setzte mich so, daß ich die Eingangstür und die Terrasse überblicken konnte. Es wurde halb eins. Loos hatte gesagt, er sitze ab elf Uhr auf der Terrasse, sofern es die Umstände zuließen. Und ich hatte angenommen, er meine die Wetterumstände. Das war, fiel mir jetzt ein, vielleicht ein Irrtum. Vielleicht gab es andere Gründe, die ihn am Kommen hinderten. Er hatte vielleicht, fiel mir um ein Uhr ein, eine Botschaft für mich hinterlegt.

Ich ging zur Rezeption. Ich nannte meinen Namen und fragte die Dame, ob eine Nachricht für mich da sei, von Thomas Loos, der hier logiere. – Loos? fragte sie und runzelte die Stirn und griff nach einem Buch. – Wir haben keinen Gast mit diesem Namen, sagte sie. – Doch, doch, sagte ich, wir haben zweimal hier gegessen, gestern und vorgestern abend. – Die Dame schaute noch einmal ins Gästebuch und fragte mich, ob ich die Zimmernummer wisse. – Das nicht, sagte ich, aber sein Zimmer liegt im obersten Stock, von der Terrasse aus gesehen ist es das äußerste links. – Aha, sagte die Dame, warf einen dritten Blick in ihr Buch, warf keinen sehr freundlichen Blick auf mich und sagte: Ich kann Ihnen leider nicht helfen. – Hören Sie, sagte ich, Herr Loos ist mein Freund, wir haben uns hier treffen wollen, um elf, er ist aber nicht erschienen. Es ist mir unverständlich, warum Sie mir jede Auskunft verweigern. – Ich darf Ihnen lediglich sagen, sagte die Dame, daß sich kein Gast namens Loos bei uns aufhält beziehungsweise aufgehalten hat und daß der Herr, der in besagtem Zimmer wohnte, heute, am frühen Morgen, abgereist ist. – Ein ziemlich großer, massiger Mann mit auffallend tiefer Stimme? fragte ich. – Sie zuckte nur die Achseln. Ich starrte sie an, bestürzt, ich fragte sie nach seinem Namen. – Tut mir leid, sagte sie, wir sind zur Diskretion verpflichtet, Kundenschutz. – Aber er ist doch mein Freund, wiederholte ich, ohne in meiner Verwirrung zu merken, wie wenig förderlich diese Feststellung war. Die Dame sagte denn auch, daß man den Namen eines Freundes normalerweise kenne.

Normalerweise, dachte ich, als ich im Auto Richtung Agra fuhr, bin ich ein Mensch mit klarem Kopf und analytischem Verstand. Im Augenblick bin ich kein solcher Mensch. Im Augenblick ist mein Gehirn ein Knäuel, weshalb ich auch vergessen habe, die zwei Campari zu bezahlen. – Ich wendete den Wagen und fuhr zurück zum Bellevue, wo ich die Schuld mit zitternden Fingern beglich.

Zu Hause duschte ich mich kalt und lange, bis meine Überhitzung nachließ. Die Faktenlage war eigentlich klar, die Auslegeordnung einfach: Loos hatte mich sitzenlassen. Wir waren uns nahe gekommen, wir hatten zwei Abende lang intensiv miteinander geredet, persönlicher werdend von Stunde zu Stunde, wir waren fast Freunde geworden – und trotzdem hatte Loos mich sitzenlassen und sich ohne Abschied verflüchtigt. Dies war das eine Faktum, das laut nach einer Deutung schrie. Noch lauter aber schrie das zweite und ziemlich unerhörte: Loos, ein kultivierter, anscheinend unbescholtener, wenn auch etwas verdrehter Mensch, quartiert sich unter falschem Namen in einem Hotel ein.

Ich überlegte zuerst, ob ich am Abend zuvor vielleicht etwas geäußert hatte, was Loos so hätte kränken können, daß er es vorzog, mich nicht mehr zu sehn. Es fiel mir nichts ein. Zwar hatte es Differenzen gegeben, das aber war kein Grund, verletzt zu sein, schon gar kein Grund zur Entzweiung. Wahrscheinlicher schien mir, daß Loos, ähnlich wie ich, am Morgen einfach Überdruß empfunden hatte, daß er allein sein wollte, still sein wollte, sich irgendwo verkrochen hatte, um ungestört an seine tote Frau zu denken. Möglich schien aber auch, daß er aus Scham, gemischt mit Unmut, vor mir geflohen war. Es kommt ja vor, daß sich ein Mensch, der sich jemandem anvertraut und preisgegeben hat, nachträglich schämt und dem ins Vertrauen Gezogenen gegenüber Aversionsgefühle empfindet. Mitwisser mag man nicht immer und verübelt es ihnen mitunter, daß man sich quasi entblößt hat vor ihnen. – Und somit war das erste Faktum befriedigend erklärt. Mehr Kopfzerbrechen machte mir das zweite. Was konnte Loos dazu veranlaßt haben, sich unter falschem Namen einzutragen? Ich suchte zuerst nach harmlosen Gründen. Vielleicht war diese Art der Maskerade ein bloßer Spleen. Vielleicht fand er es lustig und erleichternd, den wahren Namen abzulegen und wenigstens für ein paar Tage inkognito zu sein. Nachfühlen konnte ich das nicht, was freilich noch nichts heißt; es gibt genug Verschrobenheiten, in die ich mich schwer hineindenken kann. Und doch fiel es mir leichter, an diese Deutung zu glauben als an die abenteuerlichere, die Loos als Verfolgten und polizeilich Gesuchten sah, womöglich als entwichenen Sträfling, der innerlich dazu getrieben wurde, die Nähe des Tatorts zu suchen, die Nähe des Orts, wo seine Frau, auf welche Art auch immer, jedoch durch sein Dazutun, zu Tode gekommen war.

Befallen von nie gekannter Nervosität, lief ich in Wohnung und Garten herum. Auf einmal blieb ich stehen. Auf einmal fiel mir ein: Loos hatte ja vor einem Jahr für ein paar Tage im Bellevue gewohnt.

Und also kannte man ihn schon, man hatte den markanten Mann mit Sicherheit noch nicht vergessen und wohl auch seinen Namen nicht. Wie also hätte Loos es wagen können, sich unter einem anderen, falschen einzutragen? Dies schien mir ausgeschlossen. Wenn ich es aber ausschloß, blieb mir nur eine Folgerung. Sie ließ mich erstarren. Ich, ich also war der Getäuschte. Mir gegenüber hatte sich dieser Mensch als Loos ausgegeben, im Gästebuch hingegen stand aller Wahrscheinlichkeit nach sein wirklicher Name. Ich legte mich aufs Sofa, stand aber, da ich im Liegen schlecht denken kann, nach wenigen Minuten wieder auf. Ich überlegte, warum mich die Sache so umtrieb. Obwohl man von Betrug und Irreführung sprechen konnte, empfand ich kein Gefühl moralischer Entrüstung. Ich kenne es ohnehin kaum. Auch konnte es mir eigentlich egal sein, ob Loos nun Meier oder Müller hieß, ein falsches Etikett verändert das Etikettierte ja nicht. Enttäuscht war ich trotzdem, und es war unausweichlich, daß ich mich fragen mußte: Was darf ich einem Menschen glauben, der unter falschem Namen Kontakt mit mir aufnimmt und zwei Abende lang mit mir redet? Muß dieser Etikettenschwindel nicht den Argwohn wekken, er habe mir noch andere Märchen erzählt? – Dies schloß ich aus, weil es dafür nicht den geringsten Grund gab. Einzig an seinem Bericht über den Tod seiner Frau ließ sich zweifeln, nur dann allerdings, wenn man ihm eine Schuld oder Mitschuld an diesem Tod unterstellte. Sonst schien mir alles, was ich von Loos vernommen hatte – ich bleibe bis auf weiteres bei diesem Namen –, glaubhaft. Was hätte er davon gehabt, Erfundenes als Wahrheit auszugeben?

Ich grübelte noch eine Weile weiter, bis ich kapitulieren mußte, bis ich mir eingestehen mußte, daß ich auf die zentrale Frage keine Antwort fand. Wenn es denn zutraf, daß Loos in Wirklichkeit nicht Loos hieß: Aus welchem Grund hat er sich dann dem völlig Fremden, Unbekannten, der ich für ihn doch war, mit einem falschen Namen vorgestellt? Eine simple und spleenige Laune als Erklärung dafür gelten zu lassen, gelang mir jetzt nicht mehr, mein Gefühl sprach dagegen. Mein Gefühl sprach dafür, daß Loos Loos hieß. Was hätte ein Deckname decken sollen? Kein Einfall erleuchtete mich, und eine wachsende Innenspannung, eine kaum noch erträgliche Unruhe tilgten den Rest meiner Denkkraft.

Ich griff zur Axt. Ich hackte Holz wie ein Verrückter, bis ich schweißnaß und ruhiger war. Dann duschte ich mich nochmals kalt, zog mich frisch an und setzte mich ins Auto. Wie ferngesteuert, fast ohne mein Dazutun, fuhr es nach Cademario

Ich stellte mich an die Hotelbar. Ich trank, da mein Magen verkrampft war, einen doppelten Fernet. In diesem Kurhaus, sagte ich mir, hat das Entscheidende sich abgespielt. Wo, wenn nicht hier, erfahre ich die Wahrheit. Nur, was geht sie mich eigentlich an? Was kümmert sie mich, der ich nie neugierig war? Warum, zum Teufel, soll ich es nicht schaffen, die Angelegenheit, die nichts mit mir zu tun hat, energisch ad acta zu legen? Ich brauchte mir nur einen Ruck zu geben, ich müßte mich nur rational entscheiden, den Kasus fahrenzulassen, und wäre wieder frei. – Ich gab mir einen Ruck, trank aus und zahlte und steuerte dem Ausgang zu. Es zog mich kurz davor nach links zur Rezeption. Ich fragte, ob Eva, eine Atemtherapeutin – ihr Nachname war mir entfallen –, noch hier im Kurhaus tätig sei, ich sei ein Bekannter von ihr und würde sie gern schnell sehn. Man fragte mich nach meinem Namen, ich nannte ihn samt Titel und durfte sofort erfahren, daß Eva Nirak, da ja Pfingsten sei, frei habe, sich aber im Haus aufhalte, vermutlich in ihrem Zimmer. In der großen Empfangshalle wartete ich und nahm mir vor, nicht mit der Tür ins Haus zu fallen. Es sollte nicht so aussehn, als sei ich nur gekommen, um sie zu fragen, ob sich vor Jahresfrist im Kurhaushallenbad ein tödlicher Unfall ereignet habe. Ich wollte eine Weile mit ihr plaudern und meine Frage irgendwann wie nebenbei einflechten. Sie war bestimmt im Bild, sie gehörte ja zur Belegschaft. Daß sie vor einem Jahr, anläßlich unseres Schäferstündchens, nicht über den Vorfall geredet hatte, besagte schon darum nichts, weil wir an jenem Nachmittag naturgemäß nur wenig miteinander sprachen.

Ich erkannte Eva kaum wieder, als ich sie kommen sah. Ihr offenes und platinblondes Haar war jetzt kastanienbraun und hochgesteckt. Sie wirkte streng, fast bieder, ihr graues Hosenkleid verstärkte diesen Eindruck. Die Augen kühl, die ungeschminkten Lippen ohne Lächeln, ein schwacher Händedruck: Ich war ihr offensichtlich nicht willkommen.

Sie fragte mich, bevor ich etwas sagen konnte: Kommst du wegen ihr oder wegen mir? – Ich weiß nicht, was du meinst, sagte ich. – Du bist zu spät, sagte sie, sie ist vor einer Stunde abgereist. – Wer denn, um Himmels willen? – Verstell dich nicht, du hast doch irgendwie herausgefunden, daß Valerie die Pfingsten hier verbringt. Sie ist jetzt weg, ich glaube kaum, daß ihr der Sinn nach einem Wiedersehen mit dir steht, laß sie in Ruhe! – Eva, ich hatte keine Ahnung, daß Valerie hier war, ich weiß ja nicht einmal, wo sie jetzt lebt, seit einem Jahr, seit unserer Trennung, habe ich nichts mehr von ihr gehört. – Dann bist du also meinetwegen hier, wie schmeichelhaft. Setzen wir uns.

Mit leichtem Schwindelgefühl folgte ich ihr auf die Aussichtsterrasse. Ich bestellte noch einen Fernet, Eva ein Glas Rotwein. – Warum ist Valerie hergekommen? fragte ich sie. – Um mich zu besuchen natürlich, antwortete Eva. – Ihr habt also noch Kontakt, erstaunlich, sagte ich. – Sie ist meine Freundin. – Immerhin bist du damals …, du weißt schon, hast du es ihr erzählt? – Es gibt Dinge, sagte Eva, die zu belanglos sind, als daß man sie erzählen müßte. – Danke, sagte ich. – Was nicht bedeutet, fuhr sie fort, daß ich mich damals, im nachhinein zumindest, nicht über mich gewundert hätte. Daß ich so sein kann, hat mich erschreckt. – Wir haben uns halt angezogen, sagte ich, das kann passieren, sei nicht so streng. Hat Valerie dir eigentlich von unserer Trennung erzählt, ich meine damals schon? – Ja, das hat sie, am gleichen Tag, an dem ich bei dir war. Aus welchem Grund hast *du* mir nichts davon gesagt? – Wahrscheinlich habe ich gedacht, es törne dich besonders an, einen liierten Mann zu verführen. – So ein toller Hecht wie du, sagte Eva, macht unsereinen immer heiß, ob er liiert ist oder nicht. – Es wirkt auf mich ein wenig seltsam, den Hecht, auf den man abgefahren ist, nachträglich verspottet zu sehn, ich kann mir deine Aggressivität nicht recht erklären. – Sie hat mit unserem Techtelmechtel nichts zu tun, sagte Eva, eher mit Valerie. – Du müßtest schon deutlicher werden, sagte ich, hat sie schlecht über mich geredet? – Hast du sie je schlecht reden hören über andere Menschen? – Eigentlich nicht, sagte ich. – Geschützt hat sie dich, sie hat die Schuld an ihrem Elend sich allein gegeben. – Elend! Ich bitte dich, wir haben eine schöne Zeit gehabt, und als sie abgelaufen war, hat Valerie es akzeptiert, mit Fassung. Sie hat doch auch gemerkt, daß wir nicht zueinander paßten, nicht auf die Dauer jedenfalls. – Ja, sagte Eva, du hättest sehen sollen, wie abgeklärt sie war am Tag nach deinem Besuch. Sie heulte nicht, sie raufte sich die Haare nicht, Mensch, bist du ahnungslos, und ausgerechnet ich – sie kannte hier niemanden sonst –, ich mußte sie in die Arme nehmen und trösten, obwohl ich vielleicht noch nach dir roch. Wie mies ich mich dabei fühlte, wirst du dir denken können. – Ich hoffe nicht, daß du mich dafür verantwortlich machst, sagte ich, du hast dich, wenn ich mich nicht irre, höchst freiwillig mit mir vergnügt. – Stimmt, sagte sie. Ich habe immerhin, dank dir, gemerkt, wie wenig mir die schnelle Tour zusagt, sie war mir nämlich als Erfahrung neu, obwohl du natürlich das Gegenteil glaubst. – Du hast es ausgestrahlt, das Gegenteil. – Möglich, sagte sie, doch lassen wir das. Ist dir wirklich nicht bewußt, in welch verzweifelter Verfassung du Valerie zurückgelassen hast? – Sie wirkte, wie gesagt, gefaßt, sie hat keine Träne vergossen, und in der Zeit danach ist keinerlei Zeichen mehr von ihr gekommen, kein Vorwurf, keine Klage, auch nicht der Wunsch, uns nochmals auszusprechen. – All das hast du auf deine Weise ausgelegt, sagte Eva, so, wie es für dich bequem war. Das Bild der stillen Valerie, die klaglos und gelassen zur Tagesordnung übergeht, hat dir sowohl die Einfühlung als auch die Skrupel erspart. – Ich bin kein Hellseher, sagte ich ungehalten, wie kann ich wissen, daß jemand Schmerzen hat, wenn er das Gesicht nicht verzieht? Und überhaupt, du nervst mich ziemlich, mit Predigten habe ich Mühe. – Es steht dir frei zu gehen, sagte sie. – Ja, sagte ich, das wäre gescheiter. – Und doch sieht es so aus, als ob dich etwas daran hindere. – Wie kommst du darauf? – Weil du dir ständig auf die Unterlippe beißt und weil ich nicht unbedingt glaube, daß du hierhergekommen bist, nur um mir guten Tag zu sagen. – Hm, sagte ich, und Eva fragte: Hast du tatsächlich nie etwas von Valerie gehört? – Nicht das Geringste. – Sie ist weit weg gezogen und lebt allein, sie hat die Trennung nie verschmerzt.

Wir schwiegen eine Weile. Dann sagte ich, obwohl ich überzeugt war, daß Eva übertrieb und offenbar bemüht war, mir Schuldgefühle zu machen, es tue mir sehr leid, daß Valerie unsere Trennung so tragisch genommen habe. Ihr so viel bedeutet zu haben, sei überraschend zu hören für mich, sie habe sich nie so geäußert. – Anscheinend, sagte Eva, zähle für mich nur Gesagtes, für anderes sei ich blind. Zwar sei auch Valerie blind gewesen, aber auf eine ganz andere Art. – Ich sagte, es sei doch eine hübsche Laune der Natur, wenn sich zwei Blinde fänden. – Darauf ging Eva nicht ein. Es habe sich, so sagte sie, ein kleines Mißverständnis eingeschlichen. Was Valerie nie habe verschmerzen können, sei die Trennung von ihrem Mann gewesen, nicht die von mir. – Ich schluckte leer und fragte Eva, warum sie mir dann eben noch, und zwar in dramatischen Tönen, von Valeries Schmerz und desolater Verfassung nach unserer Trennung berichtet habe. – Weil es nicht anders gewesen sei, antwortete sie, weil Valerie wirklich verzweifelt gewesen sei, sie habe mich ja – dies seien ihre Worte – *rätselhaft hitzig* geliebt. Und doch habe sie immer gewußt, daß etwas zwischen uns nicht stimme, sie habe ihr, Eva, einmal von einer Szene erzählt, die sie und ich beobachtet hätten, auf einem Kinderspielplatz. Ein Kind sei auf der Schaukel gesessen, sein Vater, danebenstehend, habe in einer Zeitung gelesen und die Schaukel, ohne den Kopf zu heben, von Zeit zu Zeit mechanisch angestoßen. Ich hätte nicht gemerkt, wie lieblos stumpf und unbeteiligt sich dieser Vater verhalten habe. Sie, Valerie, sei damals darüber hinweggegangen wie über anderes auch, das sie an mir gesehen und sofort ausgeblendet habe. Ihr Herz samt allen Sinnen sei quasi mit ihr durchgebrannt, habe Valerie wörtlich gesagt, sie habe diesen Vorgang besinnungslos genossen, wobei ihr sehr bald klar geworden sei, daß sie sich ihrem Mann in diesem Zustand nicht habe zumuten dürfen. Sie habe ihn darum verlassen, wenn auch nicht im Gefühl der Endgültigkeit, und ihre Schuldgefühle unterdrückt. Es scheine jetzt vielleicht, so Eva weiter, als habe Valerie ihr alles anvertraut, was mich und ihren Mann betreffe, so aber sei es nicht, sie habe in Wahrheit wenig erzählt und tastend erzählt, so als versuchte sie sich auf einen Traum zu besinnen. Vor allem über die Ehe mit Felix – der Name sei mir ja sicher bekannt – habe sie fast nur in Andeutungen gesprochen.

Das komme mir bekannt vor, sagte ich, auch mir gegenüber habe sie es so gehalten, mit nichts sei sie wirklich herausgerückt, sie habe es vorgezogen, geheimnisumwittert zu sein, und dieses Getue sei mir mehr und mehr auf die Nerven gegangen. – Es sei ein Fehler, meinte Eva, von sich auf andere zu schließen. Daß vieles an meinem Verhalten Masche sei, berechtige mich nicht dazu, auch Valeries Verhalten in diesem Sinn zu deuten und von Getue zu reden. – Ich fragte Eva, ob sie psychologische Kurse besuche. – Sie sagte, damit könne sie nicht dienen, mir aber würde sie das warm empfehlen, obwohl sie eigentlich nicht glaube, daß Einfühlung erlernbar sei. So oder so, sie sehe Valeries Verhaltenheit und ihr so zögerndes Reden zuerst einmal als Zeugnis ihres Scham- und Taktgefühls. Und dazu kämen das Gespür und die Erfahrung, wie unendlich schwierig es sei, so etwas Widersprüchliches, wie es Gefühle seien, mit Sätzen in den Griff zu kriegen. In Valerie habe das Chaos geherrscht, das habe sie ihr, Eva, selbst gesagt, sie habe sich schuldig und unschuldig gefühlt, bedrückt und glücklich, leer und erfüllt – und zwar oft alles zugleich. Auch dies sei nur eine Andeutung ihrer damaligen Lage gewesen, und eigentlich müsse man froh sein, daß sie, statt förmlich verrückt zu werden, mit Nervenproblemen davongekommen sei. – Die Nervensache hätte ich zwar mitbekommen, sagte ich, nur habe Valerie sie völlig anders begründet. Vom Chaos der Gefühle sei nie die Rede gewesen, und ich hätte davon so wenig bemerkt, daß es mir ziemlich schwerfalle, daran überhaupt zu glauben.

Eva seufzte, so wie man seufzt, um jemanden wissen zu lassen, daß man ihn mühsam findet und es für sinnlos hält, sich weiter mit ihm abzugeben. Ich fragte trotzdem noch – obwohl mir eigentlich mehr daran lag, das Gespräch endlich auf Loos zu bringen –, ob Valerie zu mir gekommen sei, weil es gekriselt habe in der Ehe. – Das wisse sie nicht, sagte Eva, da Valerie auch ihr kaum einen Einblick ins Innere ihrer Beziehung habe geben können. Sie habe gleichsam einen Schutzwall um diese Ehe errichtet, und sie, Eva, habe das respektiert und nie einzudringen versucht. Wenn Valerie doch einmal wie nebenbei auf Felix zu sprechen gekommen sei, so sei ihr Ton ein seltsam warmer gewesen, man habe Achtung, ja Liebe heraushören können, so daß es ihr, Eva, schlicht schleierhaft sei, was diese Frau dazu getrieben habe,

sich in fremde Arme zu werfen. Sie könne nur mut-
maßen, das wolle sie jetzt nicht. Mit Sicherheit aber
könne sie sagen, daß weder pure Abwechslungslust
noch die Verführungskünste eines Schürzenjägers
Motive gewesen seien. – Ich überging den Schürzen-
jäger und sagte, ich fände es schade, daß sich die Ehe-
sache nicht wieder eingerenkt habe, ich hätte eigentlich damit gerechnet, es ehrlich gehofft und beiden
gewünscht. – Edel sei der Mensch, hilfreich und gut,
sagte Eva. – Ungerührt überging ich auch diese
Bemerkung und fügte an, daß ich andrerseits Verständnis hätte für Felix, es sei ja nicht jedem gegeben,
eine untreue Frau, die wieder an die Türe klopfe,
herzlich willkommen zu heißen. – Ihm sei es gegeben gewesen, entgegnete Eva, er hätte sie mit einem
Rosenstrauß empfangen. – Ob das denn heiße, fragte
ich, daß Valerie nicht mehr habe zurückkehren wollen zu ihm. – So sehe es aus, sagte Eva. Untrügliche
Zeichen aber sprächen dafür, daß Valerie *habe*
zurückgehen wollen, diesen Wunsch aber unterdrückt habe. – Wenn dem tatsächlich so sei, sagte
ich, dann wäre ich äußerst gespannt auf die Gründe.
– Die seien filigran und schwer zugänglich, sagte
Eva. – Ob sie sie also kenne, fragte ich. – Sie sagte,
sie könne sie fühlen.

Ich ließ sie fühlen und bestellte ein Wasser. – Hast
du ihn jemals kennengelernt, ich meine den Felix
Bendel? fragte ich dann. – Nicht kennengelernt, sagte sie, nur per Zufall schnell gesehen, damals, nach
seinem Kurzbesuch bei Valerie. – Er hat sie hier
besucht? – Ja, das hat er, und zwar gegen Ende der

ersten Aufenthaltswoche, das weiß ich noch, das hat sie mir später erzählt. – Hat er bei ihr übernachtet? – Oh, der Herr ist eifersüchtig, wer hätte das gedacht. Ich kann dich aber beruhigen, sie war dir nur allzu treu, fast möchte ich sagen: leider. – Allzu treu? Was soll das heißen? – Das heißt, daß Felix' verzweifelter letzter Versuch, sie zurückzugewinnen, vollkommen gescheitert ist. Sie hat ihn abgewiesen, endgültig offenbar, es muß entsetzlich gewesen sein für beide. Und als mir Valerie davon erzählte, andeutungsweise wie immer, da war mir sofort klar, daß es Felix gewesen sein mußte, dem ich an jenem Abend kurz begegnet war: Ich hatte im Parterre auf den Aufzug gewartet, und als er ankam und ich die Türe öffnete, sie funktioniert nicht automatisch, stand mir ein Mann mit fahlem Gesicht gegenüber, der mich verstört anstarrte. Ich grüßte ihn und trat zu ihm in den Aufzug, und da er von oben gekommen und im Parterre nicht ausgestiegen war, nahm ich an, er wolle wie ich ins Untergeschoß. Er stieg auch dort nicht aus, ich fragte ihn, ob er etwas Bestimmtes suche. Den Ausgang, sagte er heiser. Ich sagte, er müsse wieder einen Stock höher, dann rechts den Flur entlang, dann komme er zum Ausgang. Das war meine Begegnung mit Bendel. Sie scheint dich, wie ich sehe, nicht zu interessieren, du trommelst unablässig mit den Fingern, also, heraus mit der Sprache: warum bist du gekommen?

Das Trommeln war mir nicht bewußt gewesen, und ich entschuldigte mich dafür und fragte Eva umstandslos, ob ihr der Name Bettina Loos etwas sage. Sie dachte nach, sie schüttelte den Kopf und sagte: Nie gehört, wer ist das? – Nun, sie war etwa zur gleichen Zeit wie Valerie hier Gast, sie hätte dir über den Weg laufen können. – Eva schaute mich an, prüfend, mit zusammengekniffenen Augen. – Aha, sagte sie, ich verstehe, du bist also dreifach aktiv gewesen. Hast du geglaubt, sie sei hier? Oder gehofft, ich könne dir sagen, wo sie momentan steckt? – Blödsinn, sagte ich, ich hatte nichts mit ihr, sie war ja in Begleitung ihres Mannes. – Ich spüre, du bist ihretwegen hier. – Mag sein, sagte ich, aber nicht so, wie du denkst, ich habe sie erstens nie gekannt, und zweitens lebt sie nicht mehr. – Es beginnt mir zu dämmern, sagte Eva, du bist doch Rechtsanwalt, geht es um einen Kriminalfall? – Vielleicht. – Und warum hast du mir nicht gleich gesagt, warum du mich sehen wolltest? Du hörst dir höflich Geschichten von Valerie an und hast ganz anderes im Kopf. – Ja, nein, ich weiß nicht recht, Eva, entschuldige, ich bin ein wenig durcheinander, und ich komme mir irgendwie lächerlich vor. – Dein erstes sympathisches Wort, sagte Eva, also, worum geht es?

Ich schicke voraus, daß mein Interesse rein privat ist, ich bin nicht als Anwalt hier. Ich möchte dich einfach fragen, ob sich im Juni vergangenen Jahres hier, im Kurhaushallenbad, ein Unfall ereignet hat, und zwar ein Unfall mit Todesfolge. Das Opfer, eine Frau um die vierzig, soll auf dem Beckenrand ausgerutscht und Stunden später in einem Luganeser Krankenhaus an ihrer Verletzung gestorben sein. Hast du von diesem Unglück gehört? – Nein, sagte

Eva, nein, von einem solchen Unglück weiß ich nichts. – Könnte es sein, daß es passiert ist, ohne dir zu Ohren zu kommen? – Das scheint mir fast ausgeschlossen. Natürlich hätte man die Sache höchst diskret behandelt, und trotzdem wäre etwas durchgesickert. Geht es bei dieser Frau um die erwähnte ..., wie hieß sie noch gleich? – Bettina Loos, sagte ich, vielleicht Bettina Loos, vielleicht auch anders. – Wie mysteriös, sagte Eva. – Es scheint so, sagte ich, und doch wäre schon vieles geklärt, wenn du zwei Dinge herausfinden könntest: Ist eine Frau dieses Namens vor einem Jahr hier Gast gewesen? Ist zweitens eine Frau, die vielleicht anders hieß, zu jener Zeit im Hallenbad verunglückt oder sonstwie zu Tode gekommen – falls ja, wie hat sie geheißen? – Zu meiner Überraschung sagte Eva: In fünf Minuten weißt du beides, der Direktor ist da, ich habe ihn eben gesehen, er wüßte von dem Unfall, und die Gästeliste vom letzten Juni spuckt der Computer in drei Sekunden aus, bis gleich.

Mein Magen tat noch immer nervös, ich bestellte einen weiteren Fernet. Ich ließ den Blick über den Golf von Agno schweifen. Umdunstet, schwach hellgraugrün erhob sich jenseits die Collina d'oro. Montagnola war nur ein verschwommener Fleck, und ich putzte die Brille mit ungeduldigen Fingern. Als Eva zurückkam, ihr Gesicht verriet nichts, fragte sie, woher ich meine Informationen hätte. – Sie stimmen also? fragte ich. – Sie stimmen nicht, sagte sie, weder ist eine Bettina Loos je Gast dieses Hauses gewesen, noch ist im letzten Juni eine Frau mit anderem

Namen tödlich verunglückt hier. – Auch nicht getötet worden oder vom Balkon gesprungen? fragte ich. – Auch das nicht, Herr Kommissar, sagte sie lachend, ich habe alles abgecheckt, hingegen ist mir eben wieder eingefallen, daß es im letzten Juni doch einen Unfall gab im Hallenbad, wenn auch nur einen kleinen und glimpflich abgelaufenen, wie du ja weißt. – Treib mich nicht in den Wahnsinn, ich weiß von gar nichts. – Du scheinst vergeßlich, sagte Eva, bist du nie einer Frau mit gebrochenem Ringfinger begegnet? – Ach so, natürlich, sagte ich, nur ist das nicht im Hallenbad passiert, sondern im Wald, sie hat einen Ast übersehen, vielleicht eine Wurzel, und ist darüber gestolpert. – Das hat sie allen erzählt, sagte Eva, es schien ihr weniger peinlich als ihr Ausrutscher am Beckenrand. – Sehr sonderbar, sagte ich. – Und da der Finger angeschwollen war, sagte Eva, mußte der Arzt ihren Trauring mit einem Zänglein kappen, hat sie davon erzählt? – Natürlich nicht, sie hat nie einen Ring getragen, wenn wir zusammen waren. – Kann ich verstehen, sagte Eva, und jetzt ist deine Gegenleistung fällig: Wo also hast du dein Märchen her, was suchst du hier, und was beschäftigt dich so stark, daß du geradezu versunken wirkst?

Ich habe einen Mann kennengelernt, per Zufall, im Bellevue von Montagnola, einen merkwürdigen Mann knapp über fünfzig, Altphilologe, wir haben uns irgendwie angefreundet, zwei Abende lang miteinander geredet, Loos hieß er, Thomas Loos, ein Bär von Statur, und hergereist war er, wie er mich nach und nach hat wissen lassen, um seiner Frau zu gedenken, seiner toten Bettina, die er, was mir verrückt vorkam, wie eine Heilige verehrte. Er war fraglos gestört, von Zeit zu Zeit fast irr – dann wieder ganz normal und von beträchtlichem Scharfsinn, vor allem wenn es um den Nachweis ging, wie schrecklich die Gegenwart sei, wie unerträglich die Welt. Nur seine Frau ließ er gelten, seine glückliche Ehe, er scheint sie auf Händen getragen zu haben, nach ihrem Tod vermutlich *noch* entschiedener als vorher. Kurzum, er hat mir erzählt, daß sie nach einer Operation, es ging um einen Hirntumor, zur Kur nach Cademario gefahren sei, und zwar in seiner Begleitung, und ein paar Tage danach sei dann das Unglück passiert. Man habe sie noch nach Lugano gebracht, ins Ospedale Civico, wo sie gestorben sei, am elften Juni. – Der Rest ist schnell berichtet. Wir hatten abgemacht, uns heute morgen im Bellevue, wo er wohnte, noch einmal kurz zu sehen. Er ist aber nicht erschienen, und als ich nach ihm fragte, erklärte mir die Dame am Empfang, es gebe keinen Hotelgast mit Namen Thomas Loos. Ich beschrieb ihr die Lage des Zimmers. Sie sagte nur, der Herr sei abgereist und Namen dürfe sie nicht nennen. Ich dachte zuerst, er habe sich mit falschem Namen eingetragen, kam aber aus triftigem Grund davon ab und mußte demnach folgern, daß dieser Kauz *mich* angeschwindelt hatte und gar nicht Thomas Loos hieß. Die Sache hat mich derart umgetrieben, daß ich, um vielleicht Klarheit zu finden, hierhergefahren bin, verstehst du jetzt? Was sagst du dazu?

Ich sage noch gar nichts, sagte Eva, ich weiß noch zu wenig, erzähl mir mehr. Worüber, zum Beispiel, reden zwei Männer zwei Abende lang? – Nun, wir haben zuerst, wie bereits angedeutet, über Gott und die Welt debattiert, allmählich aber sind wir persönlicher geworden, intimer sozusagen. Er fragte mich zum Beispiel nach meinem Junggesellenleben und nebenbei nach meinem Liebesleben. – Hast du ihm auch von Valerie erzählt? – Das lag natürlich nahe, sagte ich, das drängte sich doch auf, nachdem sich herausgestellt hatte, daß sie und seine Frau für kurze Zeit zusammen hier im Kurhaus waren. – Was sich inzwischen zweifelsfrei als falsch erwiesen hat, sagte Eva. Hat er sich sehr für deine Liebschaft interessiert? – Nicht rasend, sagte ich, er hat zwar höflich zugehört, dazwischen aber auch gegähnt. – Und Loos, was hat er dir über Bettina erzählt, ich meine an Details, an Äußerlichkeiten zum Beispiel, an Eigenheiten vielleicht? – Diverses, sagte ich, warum fragst du? – Aus weiblicher Neugier. – Ja also, sagte ich, ihr blondes Haar hat er erwähnt und ihre Sanduhrfigur und daß sie kein Fleisch aß, aber Himbeeren liebte. Mehr fällt mir nicht ein im Moment, doch, warte, sie rauchte nicht und machte sich nichts aus dem Tanzen, sie mochte ein bestimmtes Schubertlied, das die Schönheit der Welt besingt, sowie, im Unterschied zu Loos, den Regenschirm und einen Vers von Hesse.

Du, mich fröstelt, sagte Eva, ich hole mir schnell eine Jacke, ich bin gleich wieder da.

Sie kam zurück und schwieg. Sie schaute mich an, nicht kühl, ihr Blick war weich jetzt, mitleidig fast, bedauernd, als wolle sie sagen: Ich kann dir leider nicht helfen. – Nach einer Weile fragte ich sie, warum sie nichts sage. – Wahrscheinlich, weil sie sprachlos sei, erklärte sie. – Ich sagte, das verstünde ich, der Fall sei gar zu närrisch. – Sie finde ihn todtraurig, sagte sie und fragte unvermittelt, ob mir bekannt sei, was Felix beruflich mache. – Ich sagte, Valerie habe mir erzählt, daß er Musiker sei und Cellounterricht erteile. – So, sagte Eva. – Warum, stimmt es denn nicht? fragte ich. – Jedenfalls spielt er Cello, antwortete sie. – Du tust ja richtig sibyllinisch, sagte ich. – Thomas, ich muß jetzt gehen, ich glaube, ich kann dir nicht helfen, ich bin nur Atemtherapeutin, Blinde kann ich nicht heilen. – Was das nun wieder heißen solle, fragte ich. – Sie fragte zurück, ob ich durch Loos zufällig wisse, worum es gehe in jenem Hesse-Vers, den seine Frau Bettina besonders schön gefunden habe. – Ja, sagte ich, so ungefähr, um irgendeine Allerweltsweisheit zum Thema Herz und Abschied. – Schau, sagte Eva und zog ein kleines Notizblatt aus ihrer Jackentasche, das geb ich dir mit auf den Weg. Mach's gut, sagte sie, stand auf, gab mir die Hand und ließ mich sitzen. Das Blatt war kariert und zusammengefaltet, ich steckte es ein und stierte blöd in die Landschaft, rief schließlich den Kellner, bezahlte und ging.

Unterwegs, ich weiß nicht mehr wo, hielt ich an und holte den Zettel hervor. Ich faltete ihn auseinan-

der und erkannte Valeries Handschrift und erkannte
die beiden Zeilen:

Es muß das Herz bei jedem Lebensrufe
Bereit zum Abschied sein und Neubeginne.

Ruhig Blut! befahl ich mir. Das Blut gehorchte nicht,
ich fuhr unkonzentriert weiter. Ein Zufall ist noch
lange kein Beweis. Wie viele Frauen lieben Hesse?
Wie vielen sprechen diese Zeilen, gerade diese, aus
dem Herzen, und zwar trotz des furchtbaren Dativ-e
am Ende jeder Zeile? Wahrscheinlich Abertausen-
den. Na also: Bettina liebte sie, und Valerie liebte sie
offenbar auch, auch wenn sie sie mir vorenthalten
hat. Zwei Frauen, die das gleiche Sprüchlein mögen,
verwandeln sich deswegen nicht in *eine*. Und Eva hat
sich nur wichtig gemacht, hat ihr scheinbares Wissen
für sich behalten, um mich ein wenig zappeln zu lassen, und mir nur diesen Zettel zugesteckt: das einzige Indiz vermutlich, das sie zu ihrem aberwitzigen
Verdacht verleitet hat. Kein Grund zum Zappeln
also, dachte ich und stieß dann trotzdem, kaum angekommen in Agra, das frisch gefüllte Weinglas um.

Ich rief kurz den Redaktor der Juristen-Zeitung
an, um mitzuteilen, daß ich mich krankheitshalber
nicht in der Lage sähe, meinen Aufsatz termingerecht abzuliefern. Dann machte ich ein Feuer im
Kamin. Ich setzte mich in den Sessel davor und
schloß, um mich zu sammeln, die Augen.

Momente lang schien meine nüchterne Natur sich
wieder durchzusetzen. Ich wunderte mich über den
Schwachkopf in mir, der sich von einer wilden Spe-

kulation fast hätte irremachen lassen. Ich sagte mir, wer sich aufs Unwahrscheinlichste einlasse, verliere die Spur, die zum Wahrscheinlichen führe.

Schon nach dem dritten Glas geriet ich von neuem ins Grübeln und also ins Schwanken. Sätze fielen mir ein, Loos-Sätze, die ich auf einmal verdächtig fand, zweideutig oder lauernd. Ich überlegte mir so spielerisch wie möglich, zu welchem Zeitpunkt er – wenn er denn Bendel gewesen wäre – hätte merken können, wer ihm gegenübersaß. Spätestens dann, dachte ich, als ich Valeries Namen nannte, vielleicht schon früher, als ich erwähnte, daß seine Frau und meine Freundin zur gleichen Zeit im Kurhaus gewesen sein mußten. Das aber hatte ihn, wie ich mich deutlich erinnerte, nicht wirklich interessiert. Andere Schnittstellen fielen mir ein, andere Zeichen, die mich kenntlich gemacht haben konnten – zuletzt erst jener Sachverhalt, der mein Hüpfen mit einem Schlag unterband: Ich hatte mich gleich zu Beginn mit meinem Namen vorgestellt, mit meinem unalltäglichen Namen Clarin, Betonung auf der zweiten Silbe. Gesetzt den Fall, er hätte Valerie, falls er von ihrer Liebschaft wußte, einmal gefragt, wie dieser Typ denn heiße; gesetzt den Fall, sie hätte ihm Antwort gegeben – dann wäre Loos, nein, Bendel, von Anfang an im Bild gewesen. Und darum dann die ganze Maskerade, sein falscher Name und seine sonstigen Gespinste?

Ich glaubte nur für kurze Zeit an diese Version, dann glaubte ich, daß *ich* Gespinste wob. Hätte Bendel sich angefreundet mit mir? Hätte er eigens für mich einen Tumor erfunden? Hätte er Valerie sterben lassen, nur um mich zu täuschen? Das alles war doch allzusehr an den Haaren herbeigezogen. Und erst der Blitz im Hyde Park! Ein derart prägendes und unerhörtes Erlebnis hätte mir Valerie doch erzählt. Und Bendel hätte es mir nicht erzählt, er hätte sich damit verraten. Er hätte mit Bestimmtheit angenommen, daß ich von diesem Vorfall wußte. Wie aber, wenn die Blitz-Geschichte frei erfunden war? Oder einfach nur aufgeschnappt in irgendeiner Zeitung? Allein wozu? Loos mochte ein bißchen verrückt sein mitunter, aber geisteskrank war er nicht.

Ich kochte Nudeln und machte mir zwei Spiegeleier, ich aß zerstreut und lustlos. Und nachher, am Kamin, ging das Sinnieren wieder los, das Grübeln, das ekelhafte Hin und Her. Ich hatte Schwindelgefühle, und das Flackern der Flammen, das mich sonst immer beruhigt, verstärkte sie noch. Ich starrte ins Feuer und sah darin, wie Loos ins Feuer starrte. Und erstmals wurde mir bewußt: Wenn *Bendel* hier gesessen hätte, dann wäre mir sein Haß gewiß, dann hätte ich jetzt einen Todfeind.

Ich befahl mir, mich zusammenzunehmen. Ich mußte etwas tun, um den Rummel in mir zu dämpfen, um mich zu entwirren und zur Besinnung zu bringen. Gewißheit suchte ich im Augenblick nicht unbedingt, nur Ordnung und Übersicht.

Ich ging ins Nebenzimmer, ich setzte mich vor den Laptop. Es klopfte. Und sofort klopfte auch mein Herz, ich spürte: Loos ist da. Loos kommt, um zu begründen, warum er heute morgen weggeblieben ist, er kommt, um Abschied zu nehmen. – Ich öffnete die Haustür, es war niemand zu sehen, ich schien mich verhört zu haben: Die Dielen verzogen sich manchmal und knackten dabei.

Ich schloß die Haustür ab und setzte mich wieder. Dann tippte ich zwei Sätze. *Alles dreht sich. Und alles dreht sich um ihn.* – Ich kam nicht weiter. Ich konnte, was mich umtrieb, nicht in die Tasten hacken. Ich ging im Zimmer herum. Tassos Foto, es steht auf dem Bücherregal, erinnerte mich an seinen Füllfederhalter, den ich von Magdalena als Andenken bekommen hatte. Natürlich, dachte ich und holte ihn samt Tintenfäßchen aus der untersten Schreibtischschublade hervor. Er roch ein wenig so, wie meine Großmutter gelegentlich gerochen hatte, ich glaube, nach Kampfer. Ich reinigte die Innenteile und das Reservoir mit Wasser, und dann zog ich die alte, blaue Tinte auf. Als ich zu schreiben begann, nahm er sehr rasch die Temperatur meiner Hand an.

»Wir werden alle mal müde.«

Ein Nachwort von Oliver Vogel

Wenn wir uns trafen, saßen wir immer an seinem Schreibtisch. Ein schöner kleiner Holztisch, in dessen Arbeitsfläche eine Schieferplatte eingelassen war. Da saßen wir uns gegenüber, im Erdgeschoss seines kleinen Hauses in der Bruderhöflistrasse in Schaffhausen. So zu sitzen, an einem Tisch, der wirklich nur Platz lässt für zwei Personen und so schmal ist, dass zwischen den Personen, zwischen uns, nicht viel Platz blieb – das war anders als üblich. Diese enge Gesprächssituation, die kaum Raum ließ zur kleinen Flucht aus dem Gespräch, die das Gespräch immer gleich konzentriert werden ließ; diese Enge, die kaum Platz ließ – und ebendeshalb Platz schuf für Ehrlichkeit und Intimität.

Ich nehme an, dass jeder, der mit Markus eine freundschaftliche Beziehung hatte, diese Art seiner respektvoll-grenzüberschreitenden Gesprächsführung kennt. Mehr noch: Ich glaube, dass jeder, der seine Bücher gelesen hat, dieses Prinzip kennt, dieses Prinzip der offenen Enge und umzingelnden Nähe, die man auch eine Poetik des diskreten Überfalls nennen kann. Es ist ein Balancieren zwischen größtmöglicher Freiheit und unauffälliger Belagerung. Es ist eine Poetik, die, bei Markus Werner, unterschiedslos fürs Schreiben wie fürs Leben galt: Jeder Abend war zu kurz für uninteressante Gespräche. Und das Leben war zu kurz für Bücher, die sich nicht den direkten Weg ins Herz der Dinge suchen.

Markus schrieb Bücher wie ›Die kalte Schulter‹, ein Buch, das von einer Liebe erzählt, in der die Einsamkeit für Momente überwunden wird. Er schrieb Sätze wie diesen: »Begrüßenswert schien ihm alles, was die Selbstverständlichkeit einer Zuneigung vorübergehend aufhob.« Dieser Satz stammt von Moritz Wank, der Hauptfigur aus der ›Kalten Schulter‹, der gerade mal wieder vorübergehend seine Zuneigung zu Judith aufgehoben hatte. Diese vorübergehende Aufhebung einer selbstverständlichen Zuneigung ist nicht nur eine Lebenspraxis von Moritz Wank. Es ist auch die Gesprächspraxis von Markus Werner und es ist vor allem auch seine Schreibpraxis gewesen. Markus Werners Romane sind dialogisch gebaut, ob Vater mit Sohn oder Vater mit Tochter, ob, wie in ›Am Hang‹, zwischen dem erfahrenen und dem jüngeren Mann oder im quasi-dialogischen Selbstgespräch über die Welt: Der andere oder die Welt werden in Frage gestellt, indem Fragen gestellt werden. Die Antworten werden gehört.

Man war immer damit konfrontiert, dass die Selbstverständlichkeiten der Zuneigung (und jeder anderen Form von Behaglichkeit) vorübergehend aufgehoben wurden. Die schmiegsame Wahrheit war nicht seine. Dazu waren sein Schreibtisch und seine Bücher zu schmal. Das war die Grundordnung jedes Gesprächs mit Markus und die Ordnung seines Schreibens. »Der Hang zur Ordnung verrät das Unvermögen, Unsicherheit zu ertragen«, schrieb er einmal. Wenn die »vorübergehende Aufhebung einer selbstverständlichen Zuneigung« als Unordnung bezeichnet werden kann, wurden in dieser Unordnung die Selbstverständlichkeiten wieder wunderbar.

Der Pfarrer sagt in der ›Kalten Schulter‹ zu Moritz Wank: Das Leben geht weiter. Ja, sagt Moritz Wank, das ist schön und empörend. Und dann, hundert Seiten später, ganz am Ende des Buches, stirbt Judith, Moritz Wanks Freundin. Und der Arzt, der ihm die Nachricht überbringt, sagt, das Leben geht weiter. Das ist die Ordnung Markus Werners: die Empörung, die dieser Satz auslöst, muss nicht noch einmal erwähnt werden.

Markus und ich haben uns erst über das Manuskript von ›Am Hang‹ kennengelernt. Bis zum Ende konnten wir uns nicht einigen, wie es genau war. Er meinte, er habe mir geschrieben und mich gefragt, ob ich seinen neuen Roman lesen wollte. Ich hätte ihm froh geantwortet. Meine Version ist die, dass mir ein

Hinweis gegeben wurde, er habe sich von seinem Verlag getrennt und suche einen neuen. Ich habe ihm also zuerst geschrieben, und er mir, zufälligerweise, zur gleichen Zeit den erwähnten Brief mit der ersten Frage. Wie auch immer: Er wird recht gehabt haben, denn er hatte in diesen Dingen fast immer recht, und meistens sogar noch die schriftlichen Beweisstücke zur Hand.

Vielleicht kann man sich vorstellen, wie es war, seinen Text zu lektorieren. Nicht nur, dass er es für selbstverständlich und für nicht diskutierbar hielt, dass Männer, nachdem sie getrunken haben, pinkeln müssen und dass das auch gelte, wenn das Buch, in dem Männer viel trinken und also entsprechend oft den Straßenrand aufsuchen, schmal ist. Auch fand er es selbstverständlich, dass sie das nicht »pinkeln«, sondern »Wasser abschlagen« nennen. Nein, »Wasser abschlagen« sei kein Helvetismus, entschied er, auch wenn ich das nicht behauptet hatte.

Die Helvetismen waren natürlich das andere große Thema dieses Lektorats. Einen foliantengroßen Wahrig hob Markus stöhnend auf seinen kleinen Tisch. Und recht hatte er – wie Sie wahrscheinlich ahnen – meistens. Wir kannten uns ja noch nicht, als ich damals das erste Mal und gleich zum Lektorat kam. Er holte mich vom Bahnhof ab, wo ich ihn nach seinen Autorenfotos erkennen musste. Wir gaben uns die Hand, er schaute mich an und sagte: Sie sehen ja aus wie ein Konfirmand. Später stellte er bei fast jedem Treffen aufs Neue und nicht ohne Neid fest, dass ich ja schon wieder dicker geworden sei.

Am Abend, nach bestandenem Lektorat, gingen wir im Hotel Park Villa essen. Dort tranken wir zu viel Wein und saßen plötzlich ›Am Hang‹, hatten also plötzlich den Blick über den Luganersee, und er stellte fest, dass wir da saßen wie seine beiden Helden: Loos (er) und Clarin (ich). Ob mich diese Parallele bei der Lektüre gestört habe, ob mich das jetzt, hier sitzend, störe? Ob es mich störe, dass er, der Alte, so ein bisschen altmodisch sei, auch sprachlich aus der Zeit gefallen, er, der jeder Form von Milde, jeder Form von Nachsicht misstraue, der jede unserer Formen, auf den Zeitgeist zu reagieren, für allzu zahm halte. Ob mir das unangenehm sei? Wo ich doch so selbstverständlich im Leben stünde, die Dinge offenbar nicht schwerer nähme als unbedingt nötig, ich, der ich doch sicher halbwegs anschmiegsam mit der Zeit ginge. Ob mir das unangenehm sei, dass er das jetzt so offen sage. Und überhaupt: Wie das mit mir und den Frauen so sei. Auch so leicht, so beschwingt und unernst, fragte er, und bot mir dann das Du an. Wer von uns beiden an dem Abend ›Am Hang‹ zitierte, weiß ich nicht mehr. »Sei deinem Freund ein hartes Feldbett«, steht da. Er wird es wohl gewesen sein, der zu so später Stunde den Satz noch im Kopf hatte.

Wenn man die Bücher von Markus Werner liest, verwechselt man ihn ja gerne mit seinen Figuren. Figuren, die fälschlicherweise für weich gehalten werden, der Zündel, Moritz Wank oder Franz Thalmann, der Tropf mit dem Frosch. Mild? Nein. Markus' Figuren sind unerbittlich, gegen die Welt und vor allem: gegen sich selbst. Bleibt man aber beim Missverstehen der Figuren, bleibt man dabei, Empfindlichkeit mit Nachsicht zu verwechseln und den freundlichen Blick auf menschliche Schwächen für eine Schwäche zu halten, täuscht man sich auch im Erzähler und Menschen Markus Werner. In seiner Selbstvorstellung vor der Darmstädter Akademie für Sprache und Dichtung schreibt er: »Dem Weltgeschehen schenk ich Interesse und Wut, aber ich glaube, es pfeift drauf.« Vielleicht überhört man die beiden wichtigsten Wörter dieses Satzes, weil man lachen muss über das Pfeifen des Weltgeschehens. Die wichtigen Wörter, mit denen er sich so genau charakterisiert hat, wie nur ein großer Schriftsteller es tun kann, sind »Interesse und Wut«. Gleich unser erster Abend war davon geprägt, nicht frei von kleinen Unverschämtheiten, die er zu verstecken wusste in verschämter Höflichkeit. Sein Interesse galt meiner Reaktion. War das der ehemalige Lehrer, der so prüfte? Nein, ich glaube, dass er sich auch als Lehrer schon von seinem Interesse wachhalten und leiten ließ. Und dieses Interesse war großherzig, war liebevoll und war, bei allem Witz, sehr ernst. Er war sicher auch ein guter Lehrer. Mir jedenfalls war er einer.

Einmal, auf dem Weg zu Markus wurde ich im Hotel von einem Taxi abgeholt. Als ich sagte, dass ich in die

Bruderhöflistrasse 17 wollte, sagt der Taxifahrer: »Zu Markus Werner.« »Kennen Sie ihn?«, frage ich. »Ja«, sagt er. Mehr nicht. Wir fahren, er schweigt. Wir kommen an, und beim Zahlen sagt er, er sei Achmat. Ob ich Markus Werner grüßen könnte. Der Achmat, sagt Markus. Ja, den kenne er. Und ganz spät am Abend fragt er, ob ich zurück auch wieder mit Achmat fahren wollte. Er erzählt, Achmat sei Kurde und habe ihn häufig gefahren. Irgendwann habe er für ihn einen Brief an die Schweizerische Einwanderungsbehörde geschrieben. Markus meint, dieser Brief sei wohl kein Kunstwerk gewesen. Aber er habe geholfen, denn Achmat sei jetzt Schweizer.

Wir saßen an dem Abend wieder an seinem schmalen Schreibtisch und hörten ein Stück aus ›Froschnacht‹, ein Hörspiel in Innerschweizer Dialekt, die Monologe des Vaters. Sie handeln vom Tod. Wir redeten über Markus' Krankheit, seinen nahenden Tod. Er habe sich jetzt so oft damit befasst, so oft sei er das durchgegangen, das habe seinen Schrecken verloren. Er schreibe nicht mehr, nein, kein bisschen. Er habe keine Kraft mehr. Sein Ehrgeiz sei schon tot. Ob denn nicht ein Satz am Tag, ohne das Ziel eines zusammenhängenden Textes, denkbar sei, fragte ich, ein Schreiben ohne Ehrgeiz oder Ziel. Ja, vielleicht, na ja, er zögerte, blätterte in Papieren. Manchmal, sagte er, so ein Satz, ja, hin und wieder, aber diese ständigen Selbstzweifel, diese Selbstvorwürfe dabei, nein, das schaffe er nicht mehr. Aber, sagte er dann, mit der Feder und mit Tinte auf Papier, langsam, und dann streichen und einfügen, halt das tun, was so schön war, das würde ihm doch noch mal gefallen.

Achmat fuhr mich wieder ins Hotel. Der Markus, sagte er, so ein guter Mensch. So viel Herz.

Zum Geburtstag hat Markus von uns, vom Verlag, immer Blumen bekommen. Und jedes Jahr war es das gleiche Spiel: Der Blumenbote kam morgens, als Markus noch schlief. Jedes Jahr die zweifelhafte Freude also, dass zwar der Verlag an ihn denkt, dass er dafür aber frühmorgens schon aus dem Bett geworfen wurde. »Ich hatte dich doch extra gebeten«, sagte er dieses Jahr. Ja, das hatte er. Und dieses Mal kamen die Blumen, nachdem er nicht aufgemacht hatte, zu den Nachbarn, die, wie er betonte, noch eine Vase suchen mussten. Sie riefen dann Katharina an, seine Lebensgefährtin, die die Blumen abholen, später die Vase zurückbringen musste. Viel Umstand also, für den er sich dann noch bedanken musste. Immerhin, das garantiere er, immerhin sei das ja sicher sein letzter Geburtstag gewesen. Er solle noch ein bisschen warten, es aufschieben, bat ich. Das, sagte Markus, das ist nicht sehr barmherzig.

Moritz Wank geht in ›Die kalte Schulter‹ über einen Friedhof und liest die einsilbigen Inschriften auf den Grabsteinen. »Daheim« oder »Erlöst« oder »Zu früh«. »Keines dieser Worte hätte Wank sich auf seinem Grabstein gewünscht, aber es fiel ihm auch keines ein, das er sich gewünscht hätte.«

Markus sagte mir bei unserem letzten Treffen, dass er einen Wunsch habe für die Todesanzeige. (Wie ernst er das meinte, ist schwer zu sagen.) Dort solle ein Zitat aus Sergio Leones ›Spiel mir das Lied vom Tod‹ stehen: Jill, erzählte er, gespielt von Claudia Cardinale, sieht in der Schlusssequenz des Films Cheyenne an, den Mann, der ihr geholfen hat und der jetzt tödlich verletzt neben ihr steht, und sie sagt ungläubig: »Cheyenne? Und müde?« Cheyenne antwortet: »Wir werden alle mal müde.«

»Es (ist) die Aufgabe eines Lieblingssatzes, uns wachzuhalten«, heißt es einmal bei Markus Werner. Moritz Wank, der mir, vielleicht wegen seiner Initialen, immer vorkam wie ein Freund, kündigt nach Judiths Tod telefonisch seine Arbeitsstelle. Er telefoniert mit seinem Chef und sagt dann diesen Satz. Er heißt:
»Es ist eine große Störung eingetreten.«
Dann legt er den Hörer auf.

Markus Werner wurde 1944 in der Schweiz, in Eschlikon im Kanton Thurgau, geboren und starb 2016 in Schaffhausen. Er studierte in Zürich Germanistik, arbeitete bis 1990 als Lehrer und dann als freier Schriftsteller. Seine Bücher wurden in mehrere Sprachen übersetzt und vielfach ausgezeichnet. Er veröffentlichte die Romane »Zündels Abgang«, »Froschnacht«, »Die kalte Schulter«, »Bis bald«, »Festland«, »Der ägyptische Heinrich« und »Am Hang«. Zu seinem Werk erschien der von Martin Ebel herausgegebene Band »›Allein das Zögern ist human‹«.

»Allein das Zögern ist human«
Zum Werk von Markus Werner
Herausgegeben von Martin Ebel

Band 16908

Der Schweizer Autor Markus Werner ist längst kein Geheimtipp mehr. Mit seinen sieben Romanen hat er sich ein begeistertes Lesepublikum erschrieben. Geblieben ist seine Scheu, sich der literarischen Öffentlichkeit auszusetzen. Wer ihn zur Person befragen will, den verweist er hartnäckig aufs Werk: Da stehe alles drin, was er zu sagen habe. Das vorliegende Autorenbuch widmet sich diesem Werk. Es versammelt schwer zugängliche Reden und Interviews von Markus Werner, wichtige Aufsätze und Rezensionen sowie Originaltexte von Kollegen und Literaturwissenschaftlern.

»Wenn man mit dem Buch (»Am Hang«) durch ist
und begriffen hat, worum es hier wirklich geht,
fängt man sofort nochmal von vorne an zu lesen.
… Hut ab vor Markus Werner.«
Elke Heidenreich, ZDF »Lesen«

Fischer Taschenbuch Verlag

fi 16908 / 1

Markus Werner
Zündels Abgang
Roman
Band 19072

Kann ein Autor erwarten, daß sein Held ernstgenommen
wird, wenn er ihn schon auf den ersten Seiten einen Zahn aus
dem Mund fallen und wenig später auf der Zugtoilette einen
abgeschnittenen Finger finden läßt? Er kann, wenn es ihm wie
Markus Werner gelingt, das Komische und das Absurde mit
dem Bitterernsten zu verbinden.

»Sehr verquer, sehr einprägsam, sehr lustig, sehr tragisch.«
Alfred Pfosner, Salzburger Nachrichten

Fischer Taschenbuch Verlag

fi 19072 / 1

Markus Werner
Bis bald
Roman
Band 19067

Die Welt ist unhaltbar, und doch sehnt man sich nach ihr.
Wartet, zögert, fleht und hofft, bis das Herz versagt. Lorenz
Hatt, Denkmalpfleger, lebt halbwegs unbekümmert vor sich
hin, bis eines Tages das Unheil über ihn hereinbricht. Nun
sitzt er gefesselt und erstattet Bericht, und wer zuhört, spürt:
hier ist von uns die Rede.

»›Bis bald‹ ist für mich das schönste,
klügste und komischste Buch der deutschsprachigen
Gegenwartsliteratur über die Kunst, aus lebensverlängern-
der Absicht zu warten.«
Iso Camartin, Neue Zürcher Zeitung

Fischer Taschenbuch Verlag

fi 19067 / 1

Markus Werner
Froschnacht
Roman
Band 19071

Franz Thalmann ist Pfarrer, Ehemann und Familienvater, bis
eines Tages sein Reißverschluß klemmt. Doch Kezi, seine
»schiefe Bahn«, versteht sich auf Reißverschlußprobleme –
ein Umstand, den weder Thalmanns Frau noch der Präsident
des Kirchenstandes tolerieren können, am wenigsten aber
Franzens Vater. Der sucht den »Schandfleck der Familie«
allmonatlich heim, als Frosch im Hals des Sohnes, und bringt
ihn zum Reden.

>   »Den Schuß ins Herz spürt man erst später.«
>   *Barbara von Becker, Frankfurter Rundschau*

Fischer Taschenbuch Verlag

fi 19071 / 1

Markus Werner
Festland
Roman
Band 19070

»Du bist ein begabter Träumer gewesen, sagte ich, was aber
geschah, als Traum und Wirklichkeit zusammentrafen? –
Der Vater hörte mich nicht. Nach einer langen Pause sagte er:
Julia, was wird bleiben, wenn die Erotik und alles, was mit ihr
so umfassend und spannend zusammenhängt, versandet?«

» … seine Melodie schlägt in den Bann, seine Konstruktion
ist feingewirkte Handarbeit – vielfädig verknüpft
und zeitfremd schön. So bewusst und doch geschmeidig
schreibt so leicht kein anderer. «
Andrea Köhler, Neue Zürcher Zeitung

Fischer Taschenbuch Verlag

Markus Werner
Die kalte Schulter
Roman
Band 19069

Moritz, Kunstmaler, mag nicht mehr malen und lebt mehr
schlecht als recht von ein paar Gelegenheitsarbeiten. Sein
einziger Halt ist Judith, die einen sicheren Beruf und einen
gesunden Menschenverstand hat. Aber kann Liebe ein Halt
sein?

»Mit seinem Roman führt der Schweizer vor,
daß die Wirklichkeit in der Tat schon längst nicht mehr
zu verstehen ist. Sein sprachlich sicherer Griff nach einer
sich entziehenden Welt aber belegt: Der Versuch, sie zu
verstehen, ist immer noch aller Mühe wert.«
Michael Scheffel, Frankfurter Allgemeine Zeitung

Fischer Taschenbuch Verlag

Markus Werner
Der ägyptische Heinrich
Roman

Band 19068

Eine faszinierende Spurensuche: Familiensaga, Reisebericht,
historischer Roman und zeitkritische Betrachtung.

»… ›Das Kolossale werde ich vergessen,
die Nägel bleiben.‹ In diesem Sinne
ist dieser kleine Roman kein Koloss,
sondern ein Nagel.«
Martin Ebel, Frankfurter Allgemeine Zeitung

»Spannend, intelligent, witzig.«
Thomas Widmer, Facts

Fischer Taschenbuch Verlag